D1149656

Von Dieter Bromund ist außerdem im
Goldmann Verlag lieferbar:

Die erste Reise war angenehm · 5624

DIETER BROMUND

Tod für die
Startbahn West

Kriminalroman

Originalausgabe

Wilhelm Goldmann Verlag

Herausgegeben von Friedrich A. Hofschuster

Made in Germany · 5/83 · 1. Auflage · 1112
© 1983 by Wilhelm Goldmann Verlag München
Umschlagentwurf: Atelier Adolf & Angelika Bachmann, München
Umschlagfoto: Richard Canntown, Stuttgart
Satz: Mohndruck Graphische Betriebe GmbH, Gütersloh
Druck: Elsnerdruck GmbH, Berlin
Krimi 5637
Lektorat: Annemarie Bruhns · Herstellung: Peter Papenbrok
ISBN 3-442-05637-3

Die Hauptpersonen

Bernhard Jagosch	Direktor für Kommunikation bei einer Bank
Zed Abraems	Amerikaner mit geheimnisumwittertem Job
Timofei Thelick	Journalist
Seifert	Jurist
Dortlich	Inhaber einer Werbeagentur
Wörthmann	Förster
Brehm	Ex-Bundeswehroffizier
Rupert Dorian	deutscher Kriminalbeamter
Colonel Johnson	sein Kollege von der amerikanischen Militärpolizei

Der Roman spielt in und um Frankfurt

Diese Geschichte ist frei erfunden.
Natürlich fragt sich der Autor, was wohl aus der
Startbahn West würde, wenn das, was hier erzählt
wird, wahr wäre.
Im Juni und Juli 1980 war der Ausbau der Start-
bahn West in allen juristischen Instanzen für
rechtmäßig erklärt worden.

Hier beginnt die Geschichte.

Es ist angenehm, rechtzeitig die einzige Erbin reicher amerikanischer Eltern geheiratet zu haben, hier am Fuße der White Mountains zu sitzen, im Abendblau des Himmels den winzigen Punkt der Maschine New York–Frankfurt zu entdecken und zu wissen: Was da jetzt in Frankfurt geschieht, geht dich nichts mehr an.

Geht es mich wirklich nichts mehr an? Warum sitze ich dann vor einem Stapel leerer Blätter, eine Kanne Tee neben mir?

Heute nacht werde ich die Geschichte aufschreiben. Wendy ist mit den Jungen nach Boston gefahren, um die Ausrüstung für die Berge zu kaufen. Morgen gegen Abend werden alle drei wieder hier sein.

Wir werden übermorgen zu Fuß aufbrechen, den Ammonoosuc Ravine aufwärts, und die erste Nacht werden wir im Hermit Shelter verbringen.

Die Karte für unseren Marsch liegt vor mir, links unter der Lampe. Eine achtfach zu faltende Karte, die in meine Hemdentasche paßt. Ich habe sie über all die Jahre aufgehoben, und der riesige Blutfleck rechts oben in der Gegend zwischen Gorham und Howker Ridge ist hellbraun verblaßt.

Damals hatte Zed die Karte bei sich. Er gab sie mir, als ich ihn verbunden hatte. Im Schein meiner Taschenlampe zeigte er mir mit blutverschmierten Händen den Weg zur Straße zurück, ehe er vor Schmerzen das Bewußtsein verlor.

Wäre ich damals den Weg gegangen, den ich vorschlug, wäre alles ganz anders gekommen. Wahrscheinlich wäre Zed unterwegs verblutet, und ich hätte ihn im Wald von Buchschlag nicht wieder getroffen. Ein Schuß wäre nicht gefallen, und ich würde heute nicht hier sitzen – fernab von allem und auf Wendy und die Söhne wartend.

Mit Konjunktiven bringt man sein Leben nicht mehr in Ordnung. Aber das ist eine späte Erkenntnis. Sie nützt den Leuten in Buchschlag nichts mehr. Die Startbahn West soll nun doch gebaut werden. Ich lese ab und zu darüber. Gelegentlich sehe ich Filme, in denen Polizisten auf Demonstranten eindreschen. Und immer wieder denke ich dann an jenen Samstag zurück.

Timofei war Gastgeber im »Club der Köche«. Er hatte an diesem Abend gekocht, kein schlechtes Dinner. Seine Mousse au Chocolat schmecke ich noch heute. Wie er sie zubereitete, hat er nie verraten. Ich war dran, zum Kaffee und Digestif eine Geschichte zu erzählen. Slim Dortlich spielte wie immer den Mundschenk mit einem vorzüglichen Marc de Champagne. Wörthmann stopfte sich eine Pfeife, Brehm bot Monte Christo No. 1 an, Seifert lehnte wie immer ab. »Na, was gibt's denn bei Ihnen zu erzählen«, läutete er die Runde ein.

Sie hockten da in ihren schweren Sesseln, blinzelten satt und zufrieden in den Abend, und ich war dran mit einer Geschichte.

Ich berichtete, daß ich am Morgen dieses Tages wie üblich meinen Waldlauf machte, zwei Kilometer durch den Buchschlager Wald. Es war noch kühl. Von fern rummelte der ewige Lärm des Flughafens, und ich registrierte, daß er wieder aus Richtung der US-Landebahn kam. In dem satten Morgenlicht glitzerten Spinnweben zwischen den jungen Tannen.

Der Mann vor mir lief denselben Weg wie ich, aber sehr viel langsamer. Er trug einen grauen Laufanzug und hatte die Kapuze seines Sweatshirts über den Kopf gezogen. Er humpelte beim Laufen, zog das rechte Bein deutlich nach. Als ich ihn überholte, sprach er mich an.

»Hey, Big Ben«, sagte er nur. So hatte mich seit über zwanzig Jahren niemand mehr genannt.

Ich blieb stehen und sah mich um. Er hatte die Kapuze auf die schmalen Schultern fallen lassen. Ganz kurz geschnittenes graues Haar, dunkle Augen und sehr dichte Augenbrauen, schmale Nasenflügel, die von der Anstrengung bebten, und ein breites Lächeln. Kein Zweifel, es war Zedaniak Abraems.

»Das darf doch nicht wahr sein«, sagte ich. Wir schüttelten uns die Hand und schlugen uns auf die Schulter.

»Warum hat du dich nicht gemeldet?«

»Ich bin erst seit zwei Tagen hier«, sagte er.

»Komm mit zu mir, Kaffee trinken.«

»Geht nicht. Da hinten wartet mein Wagen mit dem Corporal.«

»Corporal? Bist du in der Army?«

Er lachte.

»Mit meinem Fuß? No, Big Ben, die Air Force hat nach mir verlangt.«

»Bist du Offizier geworden?«

Er schüttelte den Kopf. Wir gingen langsam, Schulter an Schulter, den schmalen Weg entlang.

»Ich bin Berater in Washington, lassen wir's mal dabei.«

Wo der schmale Weg auf den breiten Weg zur Landstraße mündete, stand ein grauer Ford mit einer grünen Militärnummer. Ein junger Neger in Uniform lehnte an der Motorhaube und nahm Haltung an, als wir uns näherten.

Zed blieb stehen.

»Also, ich kann über meinen Job nicht viel sagen, ich melde mich bei dir. Deine Nummer hab' ich ja – die private und die vom Büro.«

»Woher denn?« wollte ich wissen. Denn meine Privatnummer stand nicht im Telefonbuch, und wo ich arbeitete, hatte ich auf meine Weihnachtsgrußkarten nie geschrieben.

Diese Karten zu Weihnachten waren zwanzig Jahre lang unser einziger Kontakt gewesen. Ich hatte sie immer an ihn »care of US Information Service, PB 20031, Washington, D.C.« geschickt. Seine Weihnachtsgrüße kamen aus allen Teilen der Welt.

Timofei unterbrach mich in meinem Bericht.

»Also, wer war der Mann? Kommen Sie zur Sache.«

Seifert lehnte sich vor, so als höre er aufmerksam zu.

»Ein Mann, der in Regierungsaufträgen viel unterwegs war«, sagte ich.

»Seine Karten kamen aus Korea, aus Japan, aus Afghanistan, dann mal aus Taiwan, einmal sogar von einer winzigen Insel im Indischen Ozean, die ich erst auf der Karte suchen mußte. Selbst Wendy, die Geographie studiert hat, kannte die Insel nicht. Aber sie sah in unserem Lexikon nach. Im Ergänzungsband der *Encyclopedia Britannica* fand sie die Eintragung: ›Seit 1975 ist die Insel gesperrt. Die Amerikaner haben dort einen Flughafen für Langstreckenbomber eingerichtet, deren Einsatzradius bis in die Sowjetunion und nach Südchina reicht.‹ Die letzten Karten kamen aus der Türkei und Persien. Ich erinnere mich so genau daran, weil Wendy die Karten nach amerikanischer Sitte bis weit ins neue Jahr auf dem Kaminsims aufstellte, und sie öfter herunterfielen, wenn ich Feuer machte.«

»Militärberater also«, warf Timofei wieder ein.

»Vielleicht«, sagte ich.

So genau wußte ich das an diesem Abend im »Club der Köche« noch nicht. Vieles erfuhr ich erst später. Aber einer von uns hörte genau hin, als Timofei seine Vermutung laut äußerte.

»Berater für den Ausbau von Militärflughäfen!«

Seifert lehnte sich zurück. Ich auch. Wir hatten beide keine Lust, über Militärflughäfen zu reden. Aber das Stichwort war gefallen, und die anderen fingen jetzt an, über den Flughafen zu diskutieren, über die Startbahn West.

Das Thema Startbahn war in den letzten Wochen wieder in der Presse hochgespielt worden, obwohl eigentlich juristisch und politisch das Thema in diesem Sommer abgeschlossen war. Die Parteien, so las man, dachten neu nach. Das gab Unruhe in einigen Unternehmen.

Welche von den Frankfurter Zeitungen als erste eine Story brachte, weiß ich nicht mehr genau. Aber plötzlich gab es Gesprächsstoff. Wir hatten Saure-Gurken-Zeit, Hessen war in Ferien und die Daheimgebliebenen fingen an, sich am Für und Wider zu erhitzen. Ich ließ mir eine dritte Tasse Kaffee einschenken und genoß Brehms Zigarre zu Dortlichs Schnaps.

»Die Amis werden also hier ganz kräftig mitmischen beim Ausbau der Startbahn, wenn sie jetzt schon einen Spezialisten einfliegen«, faßte Timofei zusammen.

»Nun lassen Sie doch Jagosch zu Ende erzählen«, warf Dortlich ein. »Über den Flughafenausbau sind wir uns doch alle einig – oder?«

Natürlich waren wir uns darüber nicht einig. Ich hielt mich zurück, genau wie Seifert. Aber Brehm wurde laut. Er fing um diese Zeit an, neue Bürgerinitiativen gegen den Ausbau zu starten, und Wörthmann war als Förster mit seinem »Forstverein e.V.« in gleichem Sinne aktiv. Slim Dortlich war für den Ausbau und wartete darauf, daß Seifert ihn mit Argumenten unterstützte. Aber der schwieg.

»Darf ich weiter erzählen?« fragte ich. »Flughafenausbau ist ja nicht unser Thema.«

»Na, ich meine schon, daß das unser Thema sein muß. Aber Sie sind dran, ein Abenteuer zu erzählen, Jagosch, also weiter.«

Wieder hatte Timofei zusammengefaßt.

»Wo ist die Story? Nun mal her damit.«

Ich konnte weitererzählen:

»Nach einem harten Sommersemester vor fast zwanzig Jahren in Harvard beschlossen Zed und ich, wir müßten mal weg von den Büchern. Zed kannte die Gegend da oben in New Hampshire, die White Mountains. Und so standen wir dann eines Morgens in Glen Station und begannen unseren Marsch. Zed hatte eine Axt an seinen Rucksack geschnallt. Wir brauchten sie, um in der Wildnis Feuerholz zu schlagen. Unser Tagesziel war die Schutzhütte am Osthang vom Mount Davis, achteinhalb Meilen entfernt, rund zweitausend Fuß hoch. Jeder von uns schleppte gut zwanzig Kilo – viel zuviel, wie wir bald merkten.

Trotz der frühen Stunde baute sich Hitze auf, waberte aus dem dichten Unterholz und wehte aus den hohen Fichten. Aus dem schmalen Asphaltband bei Glen Station wurde bald ein unbefestigter Weg, der später als schmaler Pfad immer steiler werdend dem Bachbett folgte. Wir quälten uns voran, keiner wollte langsamer werden und das Tagesziel neu festsetzen. Als die erste Schutzhütte gegen Mittag links von uns in einer Lichtung auftauchte, machten wir kurz Rast. Eigentlich hätten wir hier bleiben können, aber wir waren ehrgeizig. Mit schmerzenden Schultern schleppten wir uns weiter, noch mal vier Meilen nach Norden, immer dem Bachbett folgend. Jetzt im Hochsommer plätscherte hier nur ein schmales Rinnsal zu Tal. Aber an den ausgewaschenen Hängen, aus denen dicke Baumwurzeln ragten, sahen wir, welche Wassermassen zur Zeit der Schneeschmelze in diesem Bach nach Süden gestürzt waren.

Um fünf Uhr hatten wir unser Tagesziel erreicht. Die Hütte lag im kühlen Schatten des Mount Davis am Bach, gerade oberhalb der Linie, die das Schmelzwasser gerissen hatte. Der Abendwind war kühl.

Wir machten ein Feuer, kochten uns etwas, tranken Tee und krochen früh in unsere Schlafsäcke. Mit unseren Messern hatten wir Heidekraut geschnitten, das wir unter unsere Schlafsäcke legten.

Die Hütte war nach Osten hin offen, und gegen fünf Uhr morgens weckte uns die Sonne. Beim Waschen im Bachbett tat mir noch alles weh, Schultern, Rücken und Füße. Zed war auch angeschlagen.

Erst am vierten Tag ging's mir wieder besser. Wir hatten den nördlichsten Punkt unseres Trails hinter uns und marschierten langsam zurück nach Süden.

Es war meine Idee, auf dem Rückweg den Davis Path einzuschlagen. Hier gab es erst weit im Süden wieder eine Hütte. Aber wenigstens einmal während unseres Trips wollten wir in unseren Schlafsäcken unter freiem Himmel nächtigen.

Wir fanden am Westhang vom Mount Davis eine Lichtung, die uns gefiel. Eine kleine Felsenplatte bot sich an für das Feuer, und das Heidekraut stand dicht genug, um als Schlafstelle zu dienen. Nur Wasser fehlte, aber wir hatten unsere Feldflaschen gefüllt und das reichte für eine sämige Gulaschsuppe und für einen Topf Tee.

Es war schon dämmerig, als Zed aufstand und nach der Axt griff.

»Ich hol' noch Holz«, sagte er.

»Laß doch«, sagte ich, »die paar Knüppel hier reichen noch.«

Ich hätte mich durchsetzen sollen! Aber Zed verschwand bergwärts im Unterholz mit der Axt und kam und kam nicht wieder.

Ich wartete, sah, wie der Berggipfel die Sonne aufsaugte und spürte die Abendkälte. Wind kam auf und rauschte in den Fichten.

Und dann schrie Zed von oben am Berghang.

»Ben«, schrie er, spitz, schrill, »komm, Ben, schnell!«

Ich fand ihn am Rand der Lichtung liegend. Er hielt sich das rechte Bein. Im Licht der Taschenlampe sah ich, was passiert war. Die Axt hatte das Schienbein dicht über dem Fußgelenk glatt durchtrennt. Zed hatte zwar mit seinem Gürtel unterhalb des Knies das Blut gestoppt, aber es sah schlimm genug aus. Schuh, Socken und Jeans glänzten dunkel von Blut. Der Fuß lag seltsam schräg im Heidekraut.

»Bleib liegen«, sagte ich, »ich bring' das in Ordnung.«

»Gut«, sagte er, »gib mir die Karte.«

Ich schnitt mit meinem Bowie-Messer junge Fichten ab, um Schienen für das Bein zu haben. Dann holte ich unsere Erste-Hilfe-Päckchen aus den Rucksäcken. Bandagen waren drin, sonst nichts.

»Hast du's ausbluten lassen?«

Er nickte. Seine Schmerzen waren mörderisch. Er biß sich auf die Lippen, als ich die Hose bis zum Knie aufschnitt. Diese riesige Wunde mit den paar Binden zu versorgen, war ziemlich hoffnungslos. Also holte ich Unterwäsche aus unseren Rucksäcken, saubere Wäsche, wie ich hoffte.

Hinterher sah ich, daß Zed sich die Unterlippe blutig gebissen hatte, als ich die Wunde versorgte und links und rechts neben das unförmige Paket die beiden schlanken Fichtenstämmchen als Schienen band.

»Ich muß laufen«, sagte er.

»Quatsch«, sagte ich. »Du bleibst hier, ich hol' Hilfe.«

Im Schein der Taschenlampe sah ich Schweißperlen auf seiner Stirn unter dem kurzgeschnittenen Haar. Er war kreidebleich unter seinem Sonnenbrand. Er stützte sich auf seine Ellbogen gegen seinen Rucksack gelehnt. Auf dem gesunden Oberschenkel lag die Karte. Sie war blutbefleckt. Ich leuchtete sie aus mit der Taschenlampe.

»Paß auf«, sagte er, »ich sag' dir, was wir machen. Wir gehen den Dry River Trail runter an die Straße. Da läßt du mich liegen und holst Hilfe von hier!«

Seine blutige Hand zitterte, als er auf Willey House Station zeigte.

»Du bist verrückt«, sagte ich. »Zum Dry River Trail führt kein Weg von hier, wir müßten diesen Bach benutzen, etwa eine Meile lang und dann sind's noch mal drei Meilen, bis wir unten an der Straße sind.«

»Na und«, sagte er. Seine Stimme war flach.

»Wenn du da allein runterläufst, brauchst du zwei Stunden und dann noch mal drei, bis du wieder hier bist. Vielleicht gibt's da keinen Arzt, Big Ben.«

»Aber Helfer.«

»Na klar, und die brauchen wieder zwei Stunden, bis sie mich unten haben.«

»Macht sieben Stunden.«

»Richtig, und dann ist das Bein weg vom Knie abwärts!«

»Was schlägst du vor?«

»Wir gehen den Bach runter zum Trail. Vielleicht schaffen wir's in vier Stunden zur Straße. So hab' ich noch eine Chance.«

»Du kannst aber nicht gehen!«

»Doch, mit diesen Schienen schon.«

»Nachts, das Bachbett runter?«

»Du kannst mich schleppen, laß alles Zeug hier oben, nur die Lampe nimm mit, dein Messer, die Karte, Kompaß und die Feldflaschen. Los, laß uns abhauen.«

Solange wir oben auf dem Davis Path waren, ging's ja noch. Zed stützte sich auf meine Schulter, tragen lassen wollte er sich noch nicht. Die Stämmchen um seinen kaputten Schenkel konnte er zum Auftreten benutzen. Was für Schmerzen er hatte, merkte ich daran, wie er seine Hände in meine Schulter krallte.

Diesen verdammten Bach hörten wir bald rauschen, tausend Fuß Höhenunterschied mußten wir auf eine Meile schaffen über nasse Steine in der Dunkelheit.

Vierzig Meter ging es fast senkrecht hinunter, bis wir im Bachbett waren. Zed rutschte hinter mir her, hob sein unförmiges rechtes Bein mit beiden Händen an und stöhnte, wann immer er gegen einen Felsbrocken stieß.

»Das haut nicht hin, Zed, ich lass' dich hier und hol' Hilfe.«

»Quatsch.«

»Wir fliegen dich mit einem Hubschrauber raus.«

»Unsinn, der braucht Stunden, bis er hier ist, und wie wollt ihr mich im Dunkeln finden? Und dann könnt ihr nicht landen. Wir sind ja jetzt im Bach. Los weiter.«

Wir brauchten zwei Stunden bis zum Dry River Trail. Zed sprach die ganze Zeit nicht. Gott sei Dank war er schmal und leicht. Er versuchte, mir nicht die Luft abzudrücken, als ich ihn endlich auf meinem Rücken trug.

Der Trail war breit und flach und ausgewaschen. Im Mondlicht sah man, daß hier früher Bäume zu Tag gezurrt worden waren. Das brachte mich auf eine Idee.

Gott sei Dank hatte ich dieses riesige Bowie-Messer. Ich setzte Zed ab.

»Weiter.« Mehr sagte er nicht, aber seine Unterlippe blutete wieder.

»Trink einen Schluck. Vielleicht lockerst du mal eben den Riemen unter dem Knie. Ich kappe zwei dünne Bäume, dann haben wir so einen Schlitten, wenn ich sie durch meinen Anorak schiebe. Du liegst dann, und ich zieh' dich hinter mir her.«

Er war zu fertig, um viel zu sagen. Und so machten wir's dann. Ehe wir aufbrachen, nahm ich mir noch mal die Karte vor.

Wie bei allen Trails gab es kurz vor der Straße noch eine Hütte: Shelter No. 1. Von da aus bis zur Station war es noch eine Meile. Ich würde Zed in der Hütte liegen lassen und Hilfe holen.

Er war ohnmächtig, als wir die Hütte erreicht hatten. Auch ich war fix und fertig. Der nachtdunkle Wald verschwamm mir vor den Augen. Mein Herz klopfte mir im Hals, und meine Schenkel zitterten. Ich legte Zed auf die Seite, warf seinen Anorak über ihn und rannte los.

Auf der Straße unten war natürlich alles leer. Ich mußte bis Willey House Station laufen. Als ich das dunkle kleine Gebäude vor mir sah, zweifelte ich, ob dort überhaupt jemand hauste. Aber dann bellte mich ein Köter an, und Licht flammte in einem Fenster auf.

Mit einem Jeep schafften wir kurz darauf Zed rüber ins Bretton Woods Hospital.

Am anderen Morgen war klar, daß sie sein Bein nicht amputieren würden. Ich blieb im Mount Washington Motel so lange, bis Zed transportfähig war.

Während des Wartens lernte ich übrigens Wendy kennen, die dort jobbte.

Als Wendy und ich dann im Herbst nach Europa flogen, begleitete uns Zed zum Flughafen bis zum Check-in. Er humpelte.

»Das Humpeln wird wohl bleiben«, sagte er, »als Erinnerung.«

Es blieb. An seinem hinkenden Lauf habe ich ihn dann hier im Wald wiedererkannt. Nach über zwanzig Jahren.«

Meine Zigarre war ausgegangen. Brehm gab mir Feuer. Dortlich goß ein Gläschen nach. Wörthmann paffte vor sich hin. Seifert lag mit geschlossenen Augen im Sessel. Timofei stand auf.

»Nach alldem«, sagte er, »müssen Sie uns jetzt mal mit diesem Mann bekannt machen.«

Die anderen nickten.

»Also wann?«

»Sagen wir, nächsten Samstag um acht Uhr bei mir. Wenn was dazwischen kommen sollte, ruft mein Sekretariat Sie Montag vormittag an. Einverstanden?«

Man nickte.

»Wir könnten Zed Abraems wohl als Ehrengast ansehen, was meinen Sie?«

Wörthmann hatte den Gedanken gebracht.

Ehrengäste sind bei uns im »Club der Köche« Leute, für die wir ein Essen nach deren Wünschen komponieren. Und über deren Besuch bei uns wir dann in der Presse berichten lassen.

»Ich weiß nicht, ob Zed das recht ist«, sagte ich. »Der will ja seinen Job hier nicht an die große Glocke hängen.«

»Richtig«, meinte Wörthmann, »wenn er als Spezialberater hier ist, muß er wohl leise auftreten.«

Dann lief unser Gespräch noch einmal in Richtung Flughafenausbau.

»Nun sagen Sie doch mal was, Seifert«, warf Brehm ein, »Sie müssen's doch wissen. Wird nun oder wird nicht gebaut?«

Seifert sammelte die Aschenbecher ein.

»Ich denke, unsere Satzung sagt, wir reden nicht über unseren Beruf. Darauf beziehe ich mich jetzt. Also: *no comment.*«

Sie drängten ihn. Unterstützen konnte ich Seifert nicht direkt, also versuchte ich's mit Ablenkung.

»Ich muß morgen sehr früh raus, Männer«, sagte ich, »gehen wir heim. Wir können das ja alles noch ausführlich bereden, wenn wir Zed am nächsten Samstag sehen.«

Seifert nickte mir zu. Sein Nicken sah niemand. Oder doch?

Hätte ich doch bloß diese uralte Geschichte nicht erzählt. Aber wie viele Abenteuer erlebt ein Mensch schon, über die er berichten kann?

Ich erlebte eins zuviel.

Zed war pünktlich. Am Samstag, um sieben Uhr abends stoppte ein blaues Air-Force-Auto vor meinem Haus und rollte wieder davon, als ich die Tür öffnete. Zed brachte eine Flasche Gin mit. Er trug zu seiner hellen Hose nur ein Oberhemd, und als wir auf die Terrasse gingen, war ihm kalt. Ich konnte ihn überreden, meinen weißen Island-Pullover überzuziehen. Der Grill glühte neben dem Schwimmbecken.

Wir hatten an diesem Sommerabend Ostwetterlage, und die startenden Abendmaschinen zogen dicht über den dunklen Wald hin und drehten über Buchschlag auf Kurs. Das war nicht ganz vorschriftsmäßig. Der Lärm störte sehr, besonders der von den Maschinen der exotischen Airlines, die ihre alten Geräte immer noch nicht ausrangiert hatten. Wenn die Flugzeuge blinkend genau über uns in der Luft hingen, konnte man sein eigenes Wort nicht verstehen.

Seifert würde ja bald kommen und selbst hören, was hier los war. Ich war sicher, er würde drüben anrufen und den Männern von »Control« ein paar Anweisungen geben. Mein Anruf würde nichts nützen. Um diese Stunde war die offizielle Beschwerdestelle sowieso auf Tonband geschaltet.

»Tut mir leid, Zed«, sagte ich, »bei Ostwetterlage ist es hier bis gegen zweiundzwanzig Uhr meist sehr laut.«

Er lachte.

»Solchen Lärm bin ich gewöhnt.«

Er trank seinen Gin mit ein paar Tropfen Angostura über dem Eis.

»Du bist also Spezialist für Flughafenausbau?«

Er zog seine Augenbrauen hoch in die Stirn. »Wie kommst du darauf?«

»Ich hab' mich an deine Weihnachtskarten erinnert. Die folgten immer schön der jeweiligen amerikanischen Verteidigungspolitik. Zuletzt hörte ich von dir aus Persien und der Türkei.«

Er nickte, aber so neutral, daß es auch Ablehnung hätte sein können.

»Du bist hier wegen der Startbahn West, nicht wahr?«

Keine Reaktion von ihm.

»Ich frag' das nur, weil du dir ein paar Antworten überlegen solltest, wenn die anderen kommen!«

»Müssen wir darüber reden, Ben?«

»Von mir aus nicht. Für mich ist die Sache klar. Aber die meisten aus dem ›Club der Köche‹ sind gegen die Startbahn.«

»Ich weiß. Ich kenne sie alle!«

»Woher, Zed?«

Er zuckte die Schultern.

»Nehmen wir mal an, daß man an interessierter Stelle weiß, wer für den Ausbau ist und wer dagegen. Dagegen sind Thelick, Wörthmann und Brehm. Dafür sind Dortlich und Seifert – Seifert von Berufs wegen.«

»Und ich, Zed, wo stehe ich in euren Dossiers?«

Er goß uns Gin nach. Glucksend lief aus der großen Flasche der klare Stoff über das Eis und färbte sich mit dem Tropfen Angostura rosa.

»Wäre ich hier, wenn ich wüßte, daß du dagegen bist?«

Wieder zog eine Maschine über uns weg. Ihre Positionslichter blinkten grün, rot und weiß. Sie drehte nach Osten ab.

»British Airways, Trident«, stellte Zed ihr nachblickend fest, »geht nach Nahost.«

Er sprach laut gegen den Lärm an.

»Donnerwetter«, sagte ich, »du hast aber den Flugplan genau im Kopf.«

»Ja, so ziemlich.«

Er sah auf seine große Armbanduhr.

»In einer Viertelstunde geht die Lufthansa nach Anchorage raus über Kopenhagen, dann kommt die PIA nach Kairo und dann KLM nach Amsterdam. Und dann ist fünfundzwanzig Minuten Ruhe!«

»Ich seh' schon, du weißt alles.«

Wieder nickte er.

»Das gehört zu meinem Job!«

»Und was wirst du nun sagen, wenn dich die Männer ausquetschen wollen, die gleich kommen?«

»Was hast du ihnen denn über mich erzählt?«

»Daß ich dich im Wald hier in Buchschlag wieder getroffen

habe. Daß wir uns zwanzig Jahre lang nicht gesehen haben. Woher deine Weihnachtskarten kamen. Und dann ziemlich ausführlich von deinem Unfall.«

»So, so«, sagte er. »Und warum hast du das erzählt?«

»Das ist so eine Regel bei uns im Club. Zum Digestif muß jeweils einer ein Abenteuer erzählen, das er selbst erlebt hat.«

»Und du meinst jetzt, die wollen wissen, was ich hier mache?«

»Na klar, Zed. Thelick ist Journalist. Wenn der eine Story wittert, läßt er nicht los.«

»Solche Fragen bin ich gewohnt. Wundere dich nicht, wenn ich dazu Antworten habe!«

»Was für welche?«

»Zu jedem Flughafen gehörte eine Krankenstation. Solch eine Station muß gelegentlich mal modernisiert werden. Und dafür bin ich Spezialist.«

»Na«, sagte ich, »wenn das keine Cover Story ist!«

»Sie ist es nicht.«

»Zed, mir mußt du doch nichts vormachen. Du bist wahrscheinlich hier, weil die Air Force massiv daran interessiert ist, daß der Flughafen ausgebaut wird. Und du bist für solche Fälle Spezialist.«

»Und woher beziehst du dein Wissen, Big Ben?«

»Nimm mal an, daß es stimmt.«

In die Pause hinein bot er mir eine Havanna-Zigarre an.

»Dies jedenfalls«, sagte er, als er die Spitze abbiß, »ist ein angenehmes Abfallprodukt meiner Tätigkeit. Man kommt im Ausland leicht an diese kubanischen Zigarren – und dazu noch zollfrei.«

»Ja«, sagte ich und sah den Rauchwolken gegen den dunklen Wald nach, der hinter dem Garten begann, »eine sehr angenehme Begleiterscheinung.«

Er nickte.

»Also werden wir nicht über die Startbahn West reden. Und wenn man mich fragt, werde ich schon Antworten wissen. Wo sind denn übrigens Wendy und die Kinder?«

»Drüben bei ihren Eltern in Boston. Ihrem Vater geht's nicht gut. Ich fliege in ein paar Wochen auch rüber.«

»Wendys Eltern haben doch auch ein Haus in den White Mountains?«

»Ja, bei Bretton Woods.«

»Richtig«, sagte er, »das war damals schon eine tolle Sache.«
Er lachte und hob sein rechtes Bein und rollte den Socken bis
zum Knöchel hinunter. In der Abenddämmerung sah ich die
Narbe kaum noch.

»Hast du eigentlich noch Schmerzen?«

»Nicht immer, nur vor Wetterwechsel zieht es manchmal. Dann
weiß ich oft eher als unsere Metereologen, daß wieder was in der
Luft liegt.«

»Komm«, sagte ich, »wir schütten noch ein wenig Kohle auf
den Grill und holen uns ein Pils. Hier ist ein Bierkrug für dich.«
Vom Waldrand her strömte Kühle. Es war gerade noch hell genug, das Faß anzuschlagen, ohne auf der Terrasse Licht zu machen.

»Ein gutes Bier«, sagte Zed. »Seit wann bist du übrigens ein
Gourmet geworden? Ihr pflegt doch die feine Küche im ›Club der
Köche‹?«

»Ach, das ergab sich so. Man geht beruflich viel essen, und irgendwann hat man mal Lust, selbst zu kochen. Und so kam's zum
›Club‹. Wir haben drüben am Bahndamm eine Villa, deren Küche
wir benutzen können. Die Villa gehört der Gemeinde, die hat sie
dem ›Altenverein‹ zur Verfügung gestellt, und der läßt uns dort
kochen. Einmal im Jahr, meist zu Martini, laden wir die Alten zu
einem Festschmaus ein. Das ist die einzige soziale Tat des ›Clubs‹.
Ab und zu haben wir mal Ehrengäste, über die dann die Presse berichtet.«

»Stimmt«, sagte er, »ich habe davon gelesen.«

»Für einen Hospitalmann bist du gut informiert, Zed!«
Er lachte.

»Kann ich nicht sagen, du hast mir das alles erzählt?«

»Doch, das kannst du erzählen. Aber ob's die anderen dir glauben, werden wir ja sehen.«

Mir wurde kalt. Wo blieben die Besucher? Ich entschuldigte
mich und ging ins Haus. Aus dem Schlafzimmer holte ich mir meinen dicken blauen Rollkragenpullover und ging zurück ins dunkle
Wohnzimmer, das zur Terrasse führte.

Durch die offene Tür strömte Kühle ins Haus. Ich überlegte, ob
ich das Holz im Kamin anzünden sollte, damit wir drinnen am

Tisch essen konnten, wenn Wörthmann die Steaks gegrillt hatte.

Im Schatten des Waldes sah ich Zed stehen. Er stand neben dem Schwimmbecken dicht neben dem Grill und musterte das Haus. Den Bierkrug hielt er in der rechten Hand. Er setzte an, um zu trinken.

In diesem Augenblick dröhnte wieder eine Maschine sehr niedrig und sehr laut über unseren Wald.

Zed hob im Dämmerlicht beide Arme, als wollte er winken und fiel dann ganz langsam nach vorn über und blieb im Gras liegen. Der Bierkrug zerschellte auf dem Rand des Schwimmbeckens.

Ich rannte nach draußen in den Lärmteppich hinein.

»Zed«, schrie ich und kniete im Gras neben ihm. Aus seinem Mund strömte stoßweise Blut, und auf seinem Rücken breitete sich in der weißen Wolle des Pullovers ein dunkler Fleck schnell aus. Er versuchte, seine Beine zu bewegen, wollte den Kopf heben, aber es gelang ihm nicht mehr.

Ob er noch etwas sagen wollte, weiß ich nicht. Nach meiner Meinung war er tot, als der Lärm der Maschine verstummt war.

Es klingelte an der Haustür. Und als ich nicht öffnete, weil ich neben Zed kniete und seinen Kopf hielt, hörte das Klingeln auf.

Jemand lief ums Haus.

Dann stand Thelick auf der Terrasse.

»Um Gottes willen, was ist los?«

»Man hat Zed erschossen«, sagte ich.

Kapitel
3

Die nächsten Stunden änderten einiges in mir.

Thelick rief die Polizei an, schickte Brehm, Wörthmann und Dortlich nach Hause und nahm das Telefon ab: »Seifert kann nicht kommen«, sagte er mir.

Ich saß vor dem Kamin, ein Glas Gin in der Hand und saugte an der kalten Zigarre. Draußen im Garten lag der tote Zed allein in der kalten Nacht.

Er blieb nicht lange allein. Rupert Dorians Leute stellten Scheinwerfer auf. Thelick hatte zu tun, die Nachbarn zu beruhigen. Zwei Polizeiwagen und ein Totenwagen vor dem Haus brachten Unruhe in die stille Straße am Waldrand.

Rupert Dorian stand in der Terrassentür. Er rief ein paar Befehle nach draußen, laut, präzise formuliert. Dann drehte er sich um zu mir und verschränkte die Arme über der Brust.

Er war mittelgroß und sah aus wie Muttis lieber Junge, sauberer Scheitel, der sein Haar links teilte, dunkle, neugierige Augen und ein Anzug, der vor vier Jahren mal modern war: hellgrau, breite Revers, die Hosen scharf gebügelt, etwas zu kurz, die Schuhe etwas zu spitz.

Er hielt den Kopf schräg und fragte: »Haben Sie den Mann da draußen erschossen?«

Ich stand auf. Sein Blick folgte mir. »Sie Arschloch«, sagte ich, »Sie verdammtes Arschloch.«

Er hielt seinen Kopf weiter schräg und ließ seine Arme fallen.

»Das ist keine Antwort auf meine Frage«, sagte er leise.

Dann trat er auf den Tisch zu, auf dem die Ginflasche stand.

»Amerikanisch«, sagte er nur. »Woher haben Sie den?«

»Zed hat ihn mitgebracht. Er ist Amerikaner und lebt auf dem US-Flughafen.«

Thelick antwortete für mich.

Er hob die Flasche am Henkel hoch und goß mir, ohne zu fragen, das Glas drei Finger breit voll.

»Sie auch?« fragte er in Richtung auf Dorian.

»Später vielleicht, jetzt nicht. Also der Tote da draußen ist amerikanischer Soldat?«

»Er arbeitet für die Air Force, nehme ich an.«

Thelick wartete auf meine Bestätigung. Ich nickte.

»Darf ich mal telefonieren?«

Ich nickte wieder. Thelick führte ihn zum Telefon in der Halle.

Draußen blitzte es hell im Licht der Scheinwerfer. Der Fotograf war an der Arbeit. Ein Arzt in weißem Kittel stand neben dem Schwimmbecken. Zwei Männer hatten eine Bahre abgestellt. Sie warteten stumm auf Dorians Befehle.

Dorian musterte mich von der Seite, als er durchs Zimmer auf die Terrasse ging. Dann hörte ich ihn ein paar Anweisungen geben. Die beiden Männer drehten Zed um. Wieder blitzte es.

Der Arzt bückte sich. Kühl, professionell, unendlich routiniert prüfte er das Gesicht von Zed, strich mit der Hand über seine Augen, tastete den blutverschmierten Pullover ab, erhob sich, prüfte noch einmal die Lage des Toten und kam dann zu uns auf die Terrasse.

»Ein sofort tödlicher Schuß in den Rücken. Morgen weiß ich mehr. Können wir ihn abtransportieren?«

Dorian schüttelte den Kopf.

»Wir warten auf Johnson«, sagte er nur.

Johnson kam mit Blaulicht. Er trug Zivil und roch nach Bourbon. Zwei Militärpolizisten begleiteten ihn.

»Hey, Rupert«, sagte er nur und ging gleich in den Garten. Mich sah er nur kurz an.

Thelick hatte in meiner Küche Kaffee gekocht.

»Hast du alles aufgenommen, Rupert?«

Johnson sprach dialektfrei deutsch, aber mit schwerer Zunge. Dorian mußte ihn von irgendeiner Party geholt haben. Dankbar trank er dampfend heißen Kaffee. Einen Gin lehnte er ab. Als Thelick mit einem Bourbon aus meiner Hausbar kam, nickte er rotgesichtig und leerte das Glas auf einen Zug, goß sofort Kaffee hinterher.

Jetzt erst musterte er mich genauer. Dann holte er aus seiner Jackentasche ein Diktiergerät raus und setzte es mit Daumendruck in Bewegung.

»*Special agent Abraems. Saturday night August. Talking to Jagosch.* – Also, was ist geschehen? Wann und wer war's?«

Er hatte die Frage an Dorian gerichtet. Aber der steckte sich eine Zigarette an und nickte mit dem Kopf in meine Richtung.

»Reden Sie«, sagte er nur.

Thelick saß neben mir auf dem Sofa und goß Kaffee nach. Dann reichte er Feuer, so daß ich rauchen konnte. Draußen hatten sie Zed auf die Bahre gelegt. Mit Taschenlampen suchten sie den Waldrand ab. Die Scheinwerfer brannten immer noch. Die beiden Militärpolizisten standen mit glänzenden Helmen auf der Terrasse und sahen zu, stumm, die Daumen in das Koppel mit dem weißen Revolverholster und dem Gummiknüppel gehakt.

Wieder brach eine Maschine in die Stille, die trotz aller Geschäftigkeit draußen herrschte. Was dort geschah, geschah leise und fürchterlich effizient. Für sie war es eben reine Routine, Spuren zu sichern, die mit dem Tod eines Mannes zusammenhingen.

Ich stieß sauer auf, trank Kaffee, rauchte zu hastig. Dorian sah mir gelassen zu. Auch Johnson lehnte in seinem Sessel. Das Diktiergerät lag auf dem Tisch neben dem Aschenbecher.

Ich berichtete, was zu berichten war. Sie unterbrachen mich kaum. Irgendwann holte Dorian ein Notizbuch aus der Tasche, in das er ein paar Daten schrieb. Johnson hielt das Diktiergerät dicht vor seinen Mund und flüsterte ab und zu etwas hinein.

Sie waren nur an ein paar Eckdaten interessiert. Wann ich Zed im Wald getroffen hatte? Wem ich von der Begegnung erzählt hätte? Wann Zed hier eintraf? Was wir besprochen hatten? Wann der Schuß fiel? Aus welcher Richtung?

»*So you didn't kill him?*«

»Mich hat er Arschloch genannt, als ich ihn das fragte.«

Dorian sagte das ohne Erregung.

»Aber, Gentlemen«, warf Thelick ein.

»Es tut mir leid«, sagte ich.

Dorian nickte nur.

»Sie haben ihn also nicht erschossen, gut! Und wer sind Sie?« wandte er sich an Thelick.

Thelick stellte sich vor – kurz und präzise.

»Macht es Ihnen was aus, wenn Sie über diese Sache vorerst nicht berichten?«

Auf Johnsons rotem Gesicht machte sich ein gespanntes Lächeln breit.

Thelick quälte sich mit der Antwort. Er war ja schließlich Journalist, und dies war eine Story für ihn.

»Was meinen Sie, Jagosch?«

»Wenn Sie's nur mit ein paar Zeilen erledigen könnten, wär's gut.«

Thelick nickte.

»Okay, aber später möchte ich dann gern alles wissen.«

Dorian nickte. Johnson auch.

»Danke, Thelick«, sagte ich.

Draußen wurde es plötzlich unruhig.

Einer von Dorians Männern kam herein. Er war viel älter als Dorian und trug einen verwaschenen Trenchcoat.

»Wir haben jetzt in der Dunkelheit keine Spuren finden können. Hinterm Garten gibt's nur Laub und Nadeln. Aber hier ist die Hülse!«

Er hob einen kleinen Plastikbeutel hoch.

»Wohl eine Null-acht. Morgen wissen wir mehr!«

»Informieren Sie mich, Dorian?«

Dorian nickte auf Johnsons Frage.

»Wir halten Sie auf dem laufenden, Colonel.«

»*Great,* Rupert. Dann können wir gehen!«

Er erhob sich schwerfällig, trank sein Glas aus, nickte mir zu und verschwand mit seinen beiden Militärpolizisten.

Der Mann im Trenchcoat stand immer noch wartend da.

»Lassen Sie die Gegend gleich hinterm Garten absperren, Möger. Morgen früh sehen wir uns das alles noch mal an.«

Der Mann nickte. Ein paar Leute würden jetzt wartend die Nacht draußen verbringen müssen.

Sie taten es unauffällig. Der Rest der Mannschaft knipste die Scheinwerfer aus und packte ein.

Dorian blieb zurück, als sie davonrollten. Als es später klingelte, ging Thelick an die Tür.

»Ein Nachbar von gegenüber«, sagte er nur. »Ich hab's ihm erklärt!«

»Was, bitte, haben Sie erklärt?« Und zu mir gewandt: »Geben Sie mir jetzt bitte einen Schnaps?«

Ich goß ein.

»Also, was haben Sie dem Nachbarn erzählt?« Dorian blieb hartnäckig.

»Ich hab' erzählt, daß hier ein Freund von Jagosch erschossen worden ist. Aus dem Wald heraus. Die Polizei hat das Gebiet hinter den Grundstücken abgeriegelt. Und morgen würden wir mehr wissen.«

»So, so«, sagte Dorian nur, »aus dem Wald heraus erschossen! Woher wissen Sie das denn so genau?«

Thelick rührte in seiner Kaffeetasse.

»Hat das Jagosch nicht vorhin erzählt?«

»Hat er das wirklich?«

»Ja«, sagte ich, »der Schuß fiel aus dem Wald.«

Dorian nickte.

»Dann wird es wohl so gewesen sein. Ich gehe jetzt. Morgen

werden wir uns noch mal melden. Haben Sie übrigens vor, demnächst zu verreisen?«

Wir beide, Thelick und ich, schüttelten verneinend die Köpfe.

»Gut«, sagte Dorian, »wir werden noch öfter mit Ihnen reden müssen.«

Dann brach er auf. Thelick brachte ihn zur Tür. Als er wiederkam, schloß er die Terrassentür.

»Soll ich Feuer im Kamin machen?«

Ich zuckte die Schultern. Thelick deutete das als Nein und ließ sich in einen Sessel fallen.

»Wollen Sie hier bleiben, Jagosch, oder soll ich Sie mitnehmen zu uns nach Hause? Da schlafen Sie vielleicht besser!«

Ich wies auf die Ginflasche.

»Ich werd' schon schlafen«, sagte ich.

»Gut«, sagte er und stand auf, »also geh' ich auch. Und ich werde mich zurückhalten mit meinem Bericht.«

»Danke«, sagte ich noch mal. Dann ging auch Thelick.

Was wäre wohl anders verlaufen, wenn Timofei Thelick gleich die ganze Geschichte berichtet hätte mit all seinen ersten Vermutungen?

Während ich hier sitze und durch das offene Fenster auf die Berge hinter der Wiese blicke, am Fuß der White Mountains, frage ich mich, ob ich mich anders verhalten hätte, wenn Wendy dagewesen wäre, als der Schuß fiel – damals in Buchschlag?

Es wäre sicher ein angenehmerer Sonntag geworden. Sie hätte mir die Nachbarn vom Halse gehalten.

Und sie hätte wohl auf ihre praktische Art gleich eine Antwort gewußt auf die Frage: Wer war's? Und das, was ich viel später erst tat, hätte sie mir wahrscheinlich sofort vorgeschlagen.

Ich hatte damals in der kritischen Woche niemanden, mit dem ich über Zeds Tod sprechen konnte. Obwohl ich viel darüber reden mußte.

Ganz langsam und viel zu spät traf ich die falsche Entscheidung.

Kapitel
4

Am Montag war ich um halb acht in meinem Büro und stand am Fenster und sah unter mir die Frankfurter City, in der sich in wenigen Stunden die Hitze eines windstillen Sonnentages im August aufbauen würde. Schweißtreibende Schwüle in diffusem Licht, Luft zu schwer zum Atmen. Gestank aus zu vielen Auspuffanlagen und dazu der ärgerliche Lärm von Hupen und kreischenden Reifen auf weichem Asphalt. Ich war froh, daß ich draußen in Buchschlag lebte und nicht auch noch mein bißchen Freizeit in diesem scheußlichen Frankfurt verbringen mußte.

Die Dietrich war noch nicht da. Mein Kalender zeigte für diesen Tag Rot am Vormittag, einen Lunch-Termin mit Dortlich um zwölf und ein Gespräch mit meinem Pressechef um sechzehn Uhr. Rot im Kalender bedeutete Terminsperre: Vorstandssitzung! Ich mußte mich auf Abruf bereithalten.

Das Telefon blinkte. Internes Gespräch. Das konnte nur Rüsch sein, Vorstandsmitglied, mein Chef.

»Jagosch«, meldete ich mich, »guten Morgen, Herr Rüsch!«

Leises Lachen. Sein altes Ritual. Er rief gern früh an, ganz besonders gern vor Vorstandssitzungen. Ich mußte ihn dann »aufladen«, wie er das nannte. Damit er berichten konnte. Die Sitzung begann erst um neun Uhr. Wir hatten also neunzig Minuten Zeit.

»Wollen Sie zu mir kommen, Jagosch?«

Eine rhetorische Frage. Vor sechs Monaten war er das letzte Mal hier in meinem Büro gewesen und auch nur, weil ich Geburtstag hatte. Da hatte sich sogar VV, unser Vorstandsvorsitzender, zu mir bemüht.

»Ich komme hoch«, sagte ich.

Die »Herzogin«, seine Sekretärin, brühte Kaffee, als ich sein Vorzimmer betrat.

»Gehen Sie gleich durch«, sagte sie, ohne aufzusehen.

Rüsch saß hinter seinem Schreibtisch, auf dem nur die Ledermappe für die Vorstandssitzung lag und die Morgenzeitung. Er deutete auf den Stuhl, auf dem die Herzogin zu sitzen pflegte, wenn er ihr diktierte.

Er ließ seine Hand schwer auf die Zeitung fallen.

»Also, das ist alles eine große Scheiße.«

»Ja«, sagte ich nur. »Es geschah in meinem Garten.«

»Sie hätten mich gleich anrufen sollen, als es passiert war.«

»Was hätten Sie gemacht?«

»Na hören Sie mal! Selbstverständlich hätte ich dafür gesorgt, daß nichts in die Zeitung gekommen wäre. Ein Mann in Ihrer Position darf nicht in einen Mordfall verwickelt werden. Das ist völlig unmöglich. Oder sind Sie etwa anderer Meinung?«

Ich widersprach.

»Wenn Sie bitte mal genau lesen würden, Herr Rüsch. In der Meldung wird weder mein Name genannt noch meine Adresse. Es heißt lediglich, ›in Buchschlag, Am Waldrand, wurde am Samstag abend ein Mann erschossen. Die Kriminalpolizei Offenbach ist mit der Aufklärung des Falles befaßt.‹ Kein Wort über mich. Wenn Sie nicht wüßten, daß ich da wohne, würden Sie gar nicht wissen, daß der Fall in meinem Garten passierte.«

Als er sich hastig eine Zigarette ansteckte, nahm ich mir Zeit, meine Morgenzigarre anzuschneiden und sie mit einem Streichholz anzuzünden. Wortlos stellte die Herzogin zwei Tassen auf den Schreibtisch und verließ das Zimmer.

»Keine Störung, bitte«, rief Rüsch ihr nach. Er hätte ihr das auch über seine Gegensprechanlage sagen können. Aber er liebte Technik nicht. Statt Geräte zu benutzen, diktierte er lieber in den Stenoblock. Keine andere als die Herzogin hätte das Tempo durchhalten können, das er dabei vorlegte.

»Also, warum haben Sie nicht verhindert, daß die Sache in der Zeitung steht, Jagosch?«

Er drückte die Zigarette aus, faltete die Zeitung so, daß die kleine Meldung über den Mord oben zu liegen kam und schob sie in die Ledermappe. Ein Thema also, das er in die Vorstandssitzung bringen würde.

»Das war schlecht möglich, wenn unmittelbar nach dem Schuß ein Journalist neben mir steht.«

Er raunzte, faltete die Hände unter dem Kinn zusammen.

»Berichten Sie mal ausführlich.«

Ich tat's. Er stand auf und lief im Zimmer auf und ab. Einmal schob er die Fenstervorhänge zur Seite und blickte auf die City, die unter ihm lag und zu dampfen anfing. Hier oben in der Vorstandsetage war es klimamaschinenkühl und würde es den ganzen Tag bleiben. Selbst wenn gegen achtzehn Uhr die zentrale Klimaanlage abgeschaltet wurde, blieb es hier oben kühl, denn die V-Etage hatte ihre eigene Anlage, die auch das Sitzungszimmer, die Küche und das Vorstandskasino versorgte.

»Was vermuten Sie, wer steckt dahinter?«

»Ich habe keine Ahnung.«

»Hm.« Rüsch ließ den Vorhang fallen und setzte sich wieder hinter seinen Schreibtisch.

»Ihnen scheint das alles nicht sehr nahezugehen.«

Das klang tadelnd und gereizt zugleich.

Ich zuckte die Schultern.

»Was soll ich sagen? Erwarten Sie einen Zusammenbruch von mir hier in Ihrem Büro?«

Er klopfte mit den Fingern auf den Schreibtisch.

»Sie wissen, wir haben gleich Sitzung. Halten Sie sich bereit, dort zu berichten.«

»Über den Mord?«

»Quatsch. Dafür interessiert sich VV nicht. Der Mordfall kann ja erst mal unter uns bleiben, es sei denn im Vorstand fragt jemand danach. Aber was haben Sie in der anderen Sache vor?«

Die andere Sache: Das war so vertraulich, daß es keinerlei Aufzeichnungen darüber gab, nur Gespräche, an die sich allerdings alle Beteiligten präzise zu erinnern pflegten.

»Also, was haben Sie vor?«

Er trommelte weiter auf seinen Schreibtisch.

»Wir treffen uns in kleinem Kreis am Mittwoch. Dann weiß ich, wie die Zeichen stehen!«

»Gut«, nickte er.

»Wieder bei Argopolous?«

»Das habe ich vor!«

Er grinste breit.

»Sie und Ihre Spesenrechnungen!«

»Argopolous war Ihr Vorschlag!«

»Ich weiß. Aber lassen Sie ihn diesmal die Rechnung über seine Weinhandlung für unsere Kantine ausstellen. Das ist dann unverfänglich.«

Ich nickte.

»Und berichten Sie mir am Donnerstag.«

»Ich werde Sie anrufen, weil ich vermutlich zu Hause bleiben werde!«

»Nimmt Sie die Sache so mit? Werden Sie etwa alt, Jagosch?«

Ich zuckte nur die Schultern.

»Ich habe für den Fall einer positiven Entscheidung alles vorbereitet, Herr Rüsch. Wir müssen telefonieren und können ein paar Telexe losschicken.«

»Gut. Das machen Sie doch, oder?«

»Ja, aber es kann sein, daß ich einige Zeit mit Inspektor Dorian und diesem Colonel Johnson verbringen muß. Dann müßten Sie grünes Licht geben, Herr Rüsch.«

Ich merkte, daß ihm das gar nicht paßte. Aber wegen der strikten Vertraulichkeit des ganzen Projektes blieb ihm nichts übrig, als zuzusagen.

»Und dann wollten Sie doch auch Urlaub nehmen?«

»Ja, ich fliege in die USA, Mitte August. Bin dann am neunten September wieder da!«

»Und in der Zwischenzeit?«

»Passiert nichts. Nur das, was wir geplant haben.«

Das schmeckte Rüsch alles nicht so recht. Wieder baute er sein ganzes Gewicht als Vorstandsmitglied auf.

»Damit das in aller Deutlichkeit klar wird, Jagosch. Ihr Job ist es, dafür zu sorgen, daß kein Sand ins Getriebe kommt. Dafür bezahlen wir Sie schließlich. Die PR-Arbeit und die Werbung können Ihre Leute auch ohne Sie erledigen. Sie sind der Experte, der weiß, wie wichtig uns diese andere Sache ist. Und Sie sind der Mann, der das für uns erledigen muß.«

Er sah auf seine Armbanduhr, ein teueres Cartiermodell im gleichen Design wie seine Schlipsnadel und seine Manschettenknöpfe.

»Sie haben eine Woche Zeit. Für die nächste Vorstandssitzung erwarte ich Erfolgsmeldungen.«

Er erhob sich, ging zur Tür, öffnete sie und wartete ungeduldig auf mich.

Die Herzogin hörte auf zu tippen.

»Haben Sie einen Termin gemacht mit Herrn Jagosch?«

»Ja, notieren Sie Montag früh, acht Uhr. Und im übrigen kann mich Jagosch jederzeit sprechen, Herzogin. Ich bin jetzt in der V-Sitzung.«

»Da war noch ein Anruf von diesem Dortlich.«

»Ach nee, na erledigen Sie das, Jagosch.«

Dann verschwand er.

»Hat Dortlich gesagt, was er von Rüsch wollte?«

»Nein.«

Sie wandte sich wieder ihrer Schreibmaschine zu.

Ich versuchte, höflich zu bleiben. Natürlich hatte Dortlich der Herzogin gesagt, was er wollte. Die wußte zu fragen, und Dortlich war klug genug, einer Vorstandssekretärin die richtige Antwort zu geben.

»Ich bin an meinem Platz, falls man mich in der Sitzung braucht, Frau Herzog.«

Sie nickte nur, ohne aufzusehen.

Auf meinem Schreibtisch fand ich eine Tasse Tee und die Morgenpost. Den Stapel mit den üblichen Angeboten von Werbeagenturen hatte Fräulein Dietrich gleich zur Seite gelegt.

»Verbinden Sie mich doch bitte mal mit Dortlich!«

Wie üblich, dauerte es viel zu lange, bis sie ihn am Apparat hatte.

»Was kann ich für Sie tun, Bernhard?«

Die übliche Frage eines Werbemannes.

»Wir sehen uns um zwölf bei Piatti, nicht wahr?«

»Ja«, sagte ich. »Haben Sie einen Tisch reserviert?«

»Natürlich. Und was gibt's Neues wegen Samstag abend?«

»Nichts«, sagte ich. Ich hatte plötzlich keine Lust, ihn am Telefon zu fragen, was er von Rüsch gewollt hatte. Das konnten wir auch beim Essen bereden.

»Viel stand heute nicht drin!«

»Nein«, sagte ich.

Er merkte wohl, daß ich nicht viel reden wollte.

»Also, bis später.«

Er hängte auf.

Dann stand die Dietrich neben mir mit Stenoblock und Bleistift.

»Es haben angerufen ein Colonel Johnson und Kommissar Dorian. Beide bitten um Rückruf. Und dann wollte Herr Thelick Sie sprechen. Er ruft zurück. Und dann möchten Sie bitte noch Dr.

Seifert anrufen.«

Montags im Büro. Trotz Wochenende und Waldlauf am Morgen ein mieser Start.

»Verbinden Sie mich mal zuerst mit Seifert.«

Sie tat's und schloß dabei die Tür. Weiß der Teufel, was sie alles wußte oder ahnte.

»Können Sie sich Mittwoch nacht abseilen, Seifert?«

Ich hörte ihn am Telefon schwer atmen.

»Wir sollten uns bei Argopolous treffen mit W und B!«

»Im Club im Wald?«

»Ja.«

Kichern.

»Können die beiden anderen?«

»Ich denke schon. Ich rufe an und mach' alles klar. Fräulein Dietrich sagt Ihnen dann Bescheid.«

»Gut. Ich denke, ich kann's einrichten.«

Pause.

»Übrigens, wegen Samstag abend steht ja wenig in der Presse.«

»Gott sei Dank. Oder wollen Sie, daß daraus viel gemacht wird?«

»Nein. Um Gottes willen.«

»Erzählen Sie mal, was ist denn eigentlich genau passiert. Ich war ja nicht dabei.« Ich berichtete kurz.

»Rechnen Sie damit, daß man Sie einvernehmen wird. Sie wußten ja auch, daß Zed Abraems zu mir kommt.«

»Das wußte doch der ganze Club.«

»Eben. Und ich vermute, die Polizei wird nun alles überprüfen.«

»Auch das noch.«

»Also, wir melden uns wieder.«

»In Ordnung. Übrigens – wie verhindern Sie, daß Argopolous reden wird, Jagosch?«

Ich lachte.

»Verlassen Sie sich darauf, daß er schweigt. Er weiß, was wir für ihn bedeuten.«

»Na, hoffentlich. In meiner Stellung . . .«

»Ja«, sagte ich, »haben Sie einen besseren Vorschlag?«

»Natürlich nicht, das heißt, wir könnten mit getrennten Maschinen nach Paris fliegen.«

»Da würden W und B Probleme kriegen. Dienstreisen führen schon mal nach Frankfurt, aber nicht nach Paris!«

»Also, bis dann, Jagosch.«

Ich drückte die Summertaste.

»Jetzt, bitte, Wiesbaden, Fräulein Dietrich. Und dann gleich Bonn.«

Nach der üblichen Ziererei hatte ich die Zusagen für Mittwoch abend. Beide Herren wollten mit getrennten Autos aus Darmstadt abgeholt werden.

Argopolous wählte ich selber an.

Sein Sekretariat verband mich sofort weiter.

»Mittwoch abend bei Ihnen. Die Rechnung geht an uns, aber diesmal bitte über Ihre Weinhandlung an unsere Kantine.«

»Ausgezeichnet, Herr Dr. Jagosch.«

Aus seiner Wiener Zeit hatte er die unangenehme Eigenschaft mitgebracht, Leute mit Titeln anzureden.

»Haben Sie besondere Wünsche?«

»Wegen des Essens verlassen wir uns wie immer auf Sie. Keine zu schweren Weine. Und noch eins: Ihr Gewinn und der Ihrer Mitarbeiter hängt nicht vom Champagnerkonsum ab.«

»Aber, lieber Herr Doktor . . .«

»Schon gut. Sie reservieren den linken Trakt. Äußerste Diskretion.«

Dann gab ich ihm noch ein paar Einzelheiten durch über die Abholerei in Darmstadt.

»Ich habe da etwas ganz Neues . . .«

»Das entscheiden wir an der Bar, später.«

»Wie Sie wünschen, Herr Doktor.«

Ich merkte, wie der Knopf meiner zweiten Telefonleitung blinkte und beendete das Gespräch.

»Herr Rüsch bittet Sie in die Sitzung.«

»Ich komme sofort. Bitte, rufen Sie Dr. Seifert an und bestätigen Sie ihm, daß wir uns, wie verabredet, Mittwoch abend treffen. Die anderen Gespräche erledigen wir, wenn ich zurück bin von oben, Fräulein Dietrich.«

Seit vier Jahren war ich Direktor in dieser Bank. An die Zahl der Vorstandsvorsitzungen, an denen ich stundenweise als Kommunikationsexperte teilgenommen hatte, konnte ich mich nicht mehr erinnern. Aber immer wieder, wenn ich hier oben in der Vorstandsetage war, überraschte mich die Stille, mit der Milliardenumsätze in diesen Räumen gemanagt wurden.

Die Herren im Sitzungssaal hatten ihre Jacketts abgelegt. Rüsch winkte mich auf einen leeren Sessel neben seinem.

»Bitte, berichten Sie, was Sie vorhaben!«

Ich faßte mich kurz, stellte den Stand des Projekts dar und kam auf B. und W. zu sprechen.

»Die beiden Herren, die ich treffen werde, zusammen mit Herrn Seifert, sind absolut vertrauenswürdig. Sie erinnern sich, meine Herren, an den Fall der Maschinenfabrik in Ulm. Beide Herren haben uns damals geholfen, und wir haben uns erkenntlich gezeigt«, schloß ich meinen Bericht.

VV nickte mir zu.

»Gut. Wir verlassen uns auf Sie, Jagosch.«

Als ich aufstehen wollte, hielt VV mich mit einem Blick zurück.

»Da stand etwas von einem Mord in Buchschlag, Am Waldrand, in der Zeitung. Da wohnen Sie doch, oder?«

Rüsch hatte die Zeitung aus seiner Ledermappe geholt.

»Ich habe das mit Herrn Jagosch besprochen. Die Presse nennt keinen Namen. Am Waldrand ist übrigens eine lange Straße. Natürlich wird Herr Dr. Jagosch sich aus der Berichterstattung rauszuhalten wissen, obwohl der Mord auf seinem Grundstück geschah.«

»Lassen Sie Dr. Jagosch doch antworten, Herr Rüsch.«

VVs Ton war etwas schärfer geworden.

»Es ist, wie Herr Rüsch gesagt hat. Der Mord geschah auf meinem Grundstück, das Motiv ist mir unklar, der Täter unbekannt. Die Kripo Offenbach ermittelt. Auch die amerikanische MP ist eingeschaltet. Es steht nicht in der Presse, aber der Tote ist Amerikaner. Es war ein Freund von mir, Studienkollege aus den USA.«

»Das tut mir leid«, sagte VV.

»Übrigens, da Sie gerade da sind, Herr Dr. Jagosch: Wann sehen wir unsere neue Werbelinie? Bleibt es beim einundzwanzigsten Oktober?«

»Ja, dann haben wir in unserer Abteilung zusammen mit Herrn Rüsch eine Vorentscheidung getroffen.«

»Also, ich verstehe das nicht, warum wollen Sie denn nun wechseln?«

Hogart, nächstes Jahr in Pension gehend, nicht gut genug für den Aufsichtsrat, stellte die Frage.

VV stoppte ihn.

»Meine Herren, zurück zur Tagesordnung. Vielen Dank, Herr Jagosch. Und – viel Glück.«

Ich hatte gerade noch Zeit, mit Dorian zu telefonieren. Wir verabredeten uns zu drei Uhr in meinem Büro. Johnson war nicht zu erreichen. Ich ließ ihm über seinen Sergeant ausrichten, daß ich mich gegen achtzehn Uhr auf dem Militärflughafen bei ihm melden würde.

Dann nahm ich ein Taxi zu Piatti ins Westend.

Slim Dortlich wartete schon auf mich. Zum Essen jedenfalls war er immer überaus pünktlich.

»Einen Kir, bitte«, sagte ich und ließ mich auf den Stuhl fallen. Wir saßen in der ruhigsten Ecke in dem kleinen Lokal. Oben auf dem Regalsims über der Holztäfelung standen in einer ununterbrochenen Reihe volle Rotweinflaschen. Sie standen. Für mein Gefühl hätten sie liegen müssen wie bei mir zu Hause. Aber die Nachfrage war hier wohl so groß, daß kein Korken austrocknen konnte.

»Slim«, sagte ich nach dem ersten Schluck, »was wollten Sie von Rüsch?«

Slim, grauhaarig, offenes Hemd, blaues Halstuch, Cordjacke, teueres Feuerzeug und Luxuszigaretten, die es nur in England oder *duty free* am Flughafen gab, reagierte ganz gelassen.

»Ich wollte mich nur mal bei ihm melden. Schließlich entscheidet er ja mit.«

»Nur mal so? Ganz ohne Anlaß?«

Ich vermutete etwas. Rüsch fand unsere Werbelinie, die von Slim Dortlich und seiner Werbeagentur stammte, gut, so gut, daß er eigentlich keine Wettbewerbspräsentation mit all dem Pipapo wollte. Aber er respektierte meine Entscheidung. Klar, daß Dortlich versuchen würde, Rüsch weiter für sich zu gewinnen.

»Na, schließlich stehen sechs Millionen auf dem Spiel, Bernhard.«

Ich lachte.

»Das ist doch für Ihren Laden, na, warten Sie mal, noch nicht mal sechs Prozent vom Umsatz.«

Slim winkte den Kellner für einen zweiten Kir herbei – ich lehnte ab.

»Für unsere Agentur – nun ja, aber für mich bedeutet Ihr Werbeetat fast fünfzig Prozent von dem, was meine eigene Gruppe macht.«

Er rauchte heftig. Natürlich war dies für ihn ein unangenehmes Thema.

»Und was passiert, wenn Sie nicht gewinnen, Slim. Ist dann der Ofen aus für Sie?«

Sein Gesicht rötete sich. Ich beobachtete ihn über den Glasrand hinweg – und bestellte dann doch einen zweiten Kir.

Er war Mitte Fünfzig, für einen Werbemann ziemlich alt. Die neuen Gesprächspartner der beiden anderen Werbeagenturen, die ich aufgefordert hatte, waren zwanzig Jahre jünger. Bürschchen im Grunde, die vor allem durch ihre modischen Anzüge auffielen. Keine ernsthafte Konkurrenz, aber das würde sich zeigen, wenn sie ihre Vorschläge präsentierten.

»Slim«, sagte ich, »wir kennen uns lange genug. Die Burschen aus der Bornheimer Landstraße und die heißen Jungs aus der Jugendstilvilla schlagt Ihr doch immer noch!«

»Na klar«, sagte er, »aber es ist immer unangenehm, wenn in der Werbefachpresse steht, man muß um seinen Kunden kämpfen.«

Er hatte recht. Aber wie sollte er sonst lernen, seinen Service für uns zu verbessern? Der Werbeleiter aus meiner Abteilung klagte seit Monaten über die schlampige Arbeit im Tagesgeschäft mit unserer Werbeagentur, zu deren Geschäftsführern Slim gehörte.

»Wir werden fair entscheiden, Slim. Ihre Chancen stehen gut.«

»Na prima«, sagte er.

Er würde jetzt seine Agenturkollegen noch einmal anheizen. Genau das wollte ich erreichen. Aber das sagte ich ihm natürlich nicht.

»Wollen Sie nicht mal zu uns kommen, Bernhard?«

Er fragte das über die Speisekarte hinweg.

»In die Agentur?«

»Ja, wir haben gerade eine Ausstellung in unseren Räumen. Ein

Fotograf, den Sie kennen, stellt seine Bilder aus!«

»Ich kenne keinen Fotografen!«

»Doch. Es ist Dr. Seifert. Sie wissen doch, er ist Hobby-Ornithologe und hat die phantastischsten Vogelfotos gemacht, die ich je gesehen habe!«

»Also, lassen Sie uns mal eben bestellen.«

Ich orderte ein Steak und Salat à la maison. Slim entschied sich für Fisch. Wir einigten uns auf einen trockenen Rosé, den Piatti höchstpersönlich aussuchte und kredenzte.

»Bei Ihnen in Buchschlag ist ein Mann erschossen worden, ich las es eben in der Zeitung.«

Piatti hatte das Gemüt eines Fleischerhundes.

»Ja, leider«, sagte ich. »Aber Ihr Wein ist gut, Piatti.«

»Weiß man Näheres?«

»Nein.«

Piatti schenkte die Gläser voll, plazierte die Flasche im Eiskübel, strich sich die Hände über die Schürze und verschwand – mit leichter Verbeugung, achselzuckend.

»Wirklich nicht?« fragte Dortlich.

»Ich will nicht darüber reden. Hat Dorian sich schon bei Ihnen gemeldet?«

»Ja, er rief an. Um siebzehn Uhr gehe ich zu ihm.«

»Um drei ist er bei mir!«

»So ungerecht ist die Welt.«

Slim trank mir zu.

»Und wie geht's weiter?«

»Womit?«

»Na, im Fall Abraems.«

»Die suchen den Täter, weiter nichts!«

»Und verdächtigen wen?«

»Slim«, sagte ich, »Sie und mich, den Club der Köche und vermutlich den halben US-Flughafen, denn dort werden ja wohl auch ein paar Leute gewußt haben, daß Zed zu mir kommt.«

»Unangenehme Sache.«

»Ja. Aber das muß man durchstehen!«

»Hm.«

Irgend etwas bedrückte ihn. Beim Dessert, einer Eismelone unter Rumparfait, rückte er damit heraus.

»Ich besitze eine Pistole.«

»Na klar, Slim, und damit haben Sie Zed erschossen.«

»Quatsch. Aber ich habe keinen Waffenschein.«

»Vergraben Sie das Ding.«

»Sie sind verrückt.«

»Na, vermutlich hat Brehm als pensionierter Oberstleutnant auch einen Ballermann zu Hause, Wörthmann als Förster sowieso und vielleicht hat Thelick auch ein Schießeisen.«

»Und Sie?«

»Fehlanzeige. Ich mag Messer.«

»Stimmt. Sie haben eine sehenswerte Sammlung zu Hause.«

»Und Seifert?«

»Der sieht nicht so aus, als ob er schießen könnte oder wollte. Der steckt sein Geld in Fotoapparate. Sie sollten sich seine Bilder mal ansehen.«

»Also, wenn ich in dieser Woche Zeit finde, komme ich vorbei.«

Slim hatte sein Ziel erreicht. Wenn ich käme, würde er mir seine Arbeiten für die neue Werbelinie mal eben zeigen, so rein zufällig nur, und meine Meinung erfahren. Und dann hätte er mich moralisch in der Zange. Was er präsentieren würde, hätte ich ja schon gesehen und ergo als gut befunden. Das war so ein Trick von Werbeagenturen.

Einem wichtigen Mann beim Kunden zeigt man seine Vorschläge vorher, überarbeitet sie vielleicht danach noch ein bißchen und tritt dann vor den großen Kreis derer, die mitentscheiden.

Und während man seine Arbeiten vorstellt, läßt man einfließen, daß alles sei ja bereits mit Dr. Jagosch abgestimmt.

Wie soll da der Kreis der Mitentscheider sich anders verhalten, als zu nicken!

Ich nahm mir vor, wenn überhaupt, dann unangemeldet und nur kurz in die Agentur zu kommen. Auch Fräulein Dietrich dürfte keine Vorwarnung geben. Ich hatte sie im Verdacht, daß sie manchmal rein privat mit Dortlich telefonierte. Wahrscheinlich lud er sie auch gelegentlich zum Essen ein.

Slim zahlte.

»Haben wir übrigens in vierzehn Tagen wieder Clubabend?«

»Ja, Brehm ist Gastgeber!«

»Also sehen wir uns spätestens dann.«

»Und wir bleiben in Verbindung wegen Dorian und diesem Colonel.«

»Abgemacht. Vielen Dank für das Essen.«

Kapitel
5

Im Taxi war es unangenehm heiß. Unterwegs an einer Ampel kaufte ich die Nachmittagsausgabe der Abendzeitung. Nichts über den Mord.

Im Vorzimmer wartete Dorian schon.

»Kommen Sie rein, Sie trinken sicher Kaffee?«

Wir setzten uns in die Besprechungsecke in meinem Zimmer. Dorian legte einen Block auf den Tisch.

»Den Kugelschreiber hat mir übrigens Ihre nette Vorzimmerdame geschenkt.«

Daß man älter wird, merkt man am ehesten an Polizisten, die plötzlich so viel jünger sind als man selber. Ich schätzte Dorian auf Mitte Dreißig.

Er kam gleich zur Sache.

»Das meiste haben wir ja schon am Samstag besprochen. Wir reden natürlich mit allen Mitgliedern aus dem ›Club der Köche‹. Jetzt würde ich gerne wissen, ob Ihre Bank etwas mit dem Flughafen zu tun hat.«

»Natürlich«, sagte ich, »haben wir etwas mit dem Flughafen zu tun. Sie wissen ja, die Großbanken, drei Hypothekenbanken und wir haben den Ausbau des Flughafens mitfinanziert. Warum fragen Sie?«

»Nur so. Es heißt ja wohl, daß die Politiker sich die Sache mit der Startbahn West noch einmal überlegen wollen.«

Ich nickte.

»Ja, davon ist jetzt viel die Rede. Warten wir ab!«

»Das denke ich auch. Ich sprach heute mittag mit Dr. Seifert von der Horstum AG.«

»Hat er Ihnen etwas mehr erzählen können?«

»Auch nicht viel mehr. Die Horstum plant weiter den Bau, was sollte sie auch anderes tun. Schließlich ist sie ja eigens für den Ausbau der Startbahn West gegründet worden.«

»Ja, da haben Sie recht!«

»Sprechen Sie gelegentlich mit Seifert darüber, Dr. Jagosch?«

»Nein«, sagte ich. »Unsere Clubsatzung verbietet das ausdrücklich. Paragraph drei, wenn ich mich richtig erinnere. Keine Diskussion über den Job. Schließlich sind wir weder Rotarier noch Lions.«

»Natürlich.«

Er machte eine Pause, trank einen Schluck Kaffee und musterte mein Zimmer.

»Wer könnte Ihrer Meinung nach Zed Abraems erschossen haben?«

»Woher soll ich das wissen?«

»Vermuten Sie doch mal! Denken Sie mal laut.«

»Ein Pistolenschütze.«

Die Sache wurde albern. Ich dachte, Dorian wollte etwas mehr über Zed erfahren. Oder mich noch einmal ausquetschen, wie der Schuß gefallen war.

Er lachte.

»Ihrer Meinung nach also kein Revolverschütze.«

»Das müssen Sie doch besser wissen.«

»Ja. Die Obduktionsergebnisse liegen vor. Die Tatwaffe war eine Walther, P eins, Kaliber neun mm.«

»Das sagt mir nichts.«

»Eine ziemlich weit verbreitete Waffe, Standardmodell bei der Bundeswehr, auf dem Schwarzmarkt leicht erhältlich, ebenso wie die Munition.«

»Und was fang' ich mit dieser Information an?«

»Denken Sie doch mal laut.«

»Sie wollen auf Brehm abheben?«

Er nickte.

»Der hat eine solche Waffe, Munition und einen Waffenschein.«

»Und ein Alibi?«

»So schlecht wie im Augenblick noch alle Alibis Ihrer Gäste. Erinnern Sie sich: Der tödliche Schuß fiel um kurz vor acht, genau um zehn vor acht. Alle ihre Gäste waren bereits auf dem Weg zu Ihnen. Jeder hätte einen kleinen Umweg machen können, durch den Wald laufen, schießen und dann in ein paar Minuten vor Ihrer Haustür stehen können.«

»Mit der Pistole in der Tasche?«

»Auf dem Wege bis zur Haustür kommt man durch Büsche, an Ihrer langen Gartenhecke an Ihrer Garage vorbei – Platz genug, um eine Pistole verschwinden zu lassen. Wenn man sie nicht im Wald selber schnell verbuddelt.«

»Ihre Phantasie müßte man haben.«

Er lachte.

»Haben Sie denn die Waffe gefunden?«

Er schüttelte den Kopf, aber die Frage beantwortete er nicht.

»Und welches Motiv vermuten Sie hinter dem Mord?«

»Darüber wollte ich noch mal mit Ihnen reden, Dr. Jagosch. Keiner Ihrer Freunde kannte Abraems.«

Ich erinnerte mich an den Clubabend. Bei Kaffee und Calvados hatte ich von Zed erzählt. Vorher hatte noch niemand von Zed gehört. »Theoretisch hätte Wörthmann Zed treffen können!«

»Wie meinen Sie das?«

»Zed machte jeden Morgen ziemlich früh seinen Waldlauf. Dabei hätte Wörthmann ihn treffen können. Der ist ja oft früh im Revier um diese Jahreszeit. Da wird ihm ein US-PKW auf einem Waldweg schon auffallen.«

Dorian machte sich ein paar Notizen.

»Und Wörthmann kann sicher mit einer Pistole umgehen.«

Er sagte das ohne Fragezeichen.

»Hören Sie, Dorian, das führt doch alles nicht weiter. Sie brauchen doch wohl zuerst ein Motiv!«

»Richtig – und das finde ich schon. Was vermuten Sie denn?«

Jetzt stand ich auf.

»Ich helfe Ihnen gern weiter, Dorian, aber was sollen diese Fragen? Ganz zufällig platzt Zed wieder in mein Leben, ich erzähl' davon im ›Club der Köche‹, acht Tage später ist er tot. Wie sollen meine Freunde in acht Tagen ein Motiv finden, einen ihnen bis dahin völlig Unbekannten zu erschießen? Es sei denn, sie sind völlig verrückt. Aber das ist ja Gott sei Dank niemand.«

Rupert Dorian war aufgestanden. Er steckte seinen Notizblock in die Brusttasche seiner Lederjacke.

»Ich finde das Motiv noch. Und Sie können mir wirklich nicht helfen?«

»Ich würde Ihnen gern helfen. Weiß der Teufel, ich habe Zed zwar zwanzig Jahre lang nicht gesehen, aber wenn er dann auftaucht und in meinem Garten erschossen wird, dann geht einem das schon an die Nieren.«

»Ich melde mich wieder. Vielen Dank. Ich finde schon allein raus.« Trotzdem brachte ich ihn noch zum Fahrstuhl und zeichnete sein Besucherkärtchen ab.

»Ich denk' noch mal nach und melde mich, Dorian.«

»Ist klar. Tschüs.«

Kein sehr ergiebiges Gespräch. Was wußte Rupert Dorian wirklich über Zed und seine Arbeit und über mich?

Fräulein Dietrich stand in der Tür.

»Thelick hat noch mal angerufen. Er meldet sich heute abend bei Ihnen.«

Sie sah auf ihre Armbanduhr. »Sie wollten noch zum Flughafen und Colonel Johnson sehen.«

»Ist es schon fünf?«

»Fünf Minuten davor. Morgen haben Sie keine Termine?«

»Nein, halten Sie diese Woche mal frei. Ich muß mich um den Mordfall kümmern!«

»Sie? Sie sind doch kein Polizist?«

»Nein. Aber es war mein Freund, der in meinem Garten erschossen wurde.«

»Das tut mir übrigens leid. Wollen Sie Ihre Frau anrufen? Drüben ist es jetzt gerade früher Vormittag.«

Sie dachte an alles – aber ich winkte ab.

»Ich fahre auf dem Weg nach Hause am Rhein-Main-Airport vorbei. Vielleicht rufen Sie eben mal an, damit die mich auch reinlassen.«

Der übliche Feierabendstau im Bahnhofsviertel und auf der Kennedyallee hielt mich auf. Vor dem Frankfurter Kreuz meldete der Hessische Rundfunk einen Unfall und zähflüssigen Verkehr. Ich war froh, die Waldschneise gewählt zu haben, schlich mich über Autobahnzubringer und benutzte die extreme rechte Fahrbahn zur Abfahrt. Natürlich hing ich auch hier wieder fest. Schichtwechsel bei den Amis. Langsam kroch die Fahrzeugkolonne durch »The Gateway to Europe«.

Der Posten ließ sich meinen Ausweis zeigen. Ein schwarzer Soldat bat um Platz neben mir im Auto. Er lotste mich an den Hangars, an den geparkten Rotkreuzmaschinen und den beiden Galaxies vorbei zu Colonel Johnsons Office.

»*You can park here, Sir. I'll see you to the Colonel.*«

Johnson trug Uniform, aber die Jacke hing am Bügel neben einem Bild des Präsidenten. Die Wände waren vollbehängt mit Fotos und Urkunden. Der Blick aus dem Büro ging auf die Startbahn des Frankfurter Flughafens. Doppelfenster sorgten für einigermaßen erträglichen Lärm. Natürlich summte auch hier eine Klimaanlage.

Johnsons Schreibtisch war leer bis auf einen Block gelben Schreibpapiers, einen flachen grauen Ordner und einen spitzen roten Bleistift mit Radiergummi.

»Nett, daß Sie gekommen sind«, sagte er, »kann ich Ihnen einen Kaffee besorgen oder eine Cola? Alkohol ist hier leider nicht erlaubt.«

Ich schüttelte den Kopf.

Er bot mir eine grüne Zigarre aus einem Humidor an. Auch die lehnte ich ab. Mein Pensum hatte ich, bis auf die Abendzigarre, hinter mir.

»Also«, sagte er, »warum hat man Abraems erschossen?«

»Das hat man mich heute schon mal gefragt. Ich weiß es nicht.«

»Was vermuten Sie denn?«

Was erwartete der Colonel von mir? Wir saßen an seinem Schreibtisch, er hatte die Füße auf den leeren Papierkorb gelegt und sah nach draußen, wo eine Maschine mit dem Rotkreuzzeichen langsam zur Startbahn rollte.

»Sie müssen doch am besten wissen, was Zeds Aufgabe hier war. Mir hat er von Hospitalrenovierung erzählt, aber das hat er so gesagt, als sollte ich's nur hören, aber nicht glauben.«

»Interessant. Und weiter?«

»Sie sagten dann, er sei *Special Agent*.«

Der Colonel bewegte sich nicht.

»Habe ich das gesagt?«

»Ja, als Sie Ihr Diktiergerät eingeschaltet hatten. Am Samstag abend bei mir.«

Er nickte.

»Ich hatte viel getrunken an dem Abend. Man holte mich von einer Party.«

»Sie haben doch hier Schichtdienst. Warum kamen Sie selbst, als die deutsche Kripo hier anrief? Ihr Stellvertreter hätte den Job doch auch machen können?«

»Was vermuten Sie, Big Ben?«

Big Ben, so nannte mich nur Zed aus unserer gemeinsamen Harvard-Zeit. Wenn Johnson diesen Spitznamen kannte, mußte Zed mit ihm gesprochen haben über mich.

»Ich weiß nicht, warum Zed hier war. Das können wohl nur Sie wissen.«

»Und der Täter!«

Er stand so plötzlich auf, daß der Stuhl zurückrollte.

»Oder Sie, Big Ben.«

»Glauben Sie Ihren eigenen Leuten nicht, Colonel?«

Er trat ans Fenster und lehnte die Stirn gegen die Doppelglasscheiben. Drüben hob eine Air-Jamaica-Maschine ab und zog über der Autobahn mit voller Kraft hoch.

»Zed war absolut verschwiegen. Er arbeitete schon jahrelang für uns. Aber Sie haben ihm mal das Leben gerettet, darum könnte er Ihnen mehr erzählt haben, als er es sonst getan hätte.«

»Hat er nicht, Colonel. Er hat sich ausgeschwiegen, ist all meinen Fragen ausgewichen, und wollte an dem Abend den Leuten aus dem Club erzählen, er hätte hier nur mit der Renovierung der Krankenstation zu tun.«

»Hätten die ihm das geglaubt?«

»Ich weiß es nicht. Dazu ist es ja nicht mehr gekommen.«

»Ja, leider. Aber Sie haben mir immer noch nicht gesagt, was Sie selber denken!«

»Also gut. Ich vermute, Zed war hier, weil er wohl vor Ort Ihr Projekt prüfen sollte.«

»Unser Projekt. Was meinen Sie?«

»Ihr Projekt: die Startbahn West.«

Der Colonel lachte laut und hockte sich auf den Schreibtisch.

»Wie kommen Sie darauf, daß wir Interesse an der Startbahn West haben?«

»Deswegen«, sagte ich und deutete nach draußen.

Die Air-Force-Maschine mit dem roten Kreuz stand immer noch auf der Startbahn, wartend. In der Hitze des Spätnachmittags flimmerte die Luft hinter ihren Düsen.

»Wir haben kein Interesse am Bau der Startbahn West. Das ist eine Sache des zivilen Flughafens, Big Ben. Unsere Militärflughäfen liegen weiter westlich.«

»Wenn Ihnen das man jemand glaubt, Colonel.«

»Wer sollte uns das nicht glauben?«

»All die Leute, die gegen den Bau der Startbahn sind.«

»Also auch die Leute aus dem ›Club der Köche‹?«

»Vielleicht. Aber die sind friedlich, reden nur. Irgend jemand sieht das aber ganz anders und hat geschossen.«

»Damit hätten wir ein Motiv. Und wer hat geschossen?«

»Ich weiß nicht, Colonel, wie viele Leute hier arbeiten. Aber wenn ich morgens oder abends auf dem Weg ins Büro oder zurück nach Buchschlag bei Ihnen vorbeikomme, dann stehen Schlangen von Autos hier und Busse, die alle zum ›Rhein-Main-Airport‹ wollen. Vielleicht fangen Sie dort mit der Suche an.«

Er stand auf, reckte sich, zog sich die Uniformjacke an. Seine Ordensspange sah recht imponierend aus.

»Ja, dann wollen wir mal weitersuchen, Big Ben.«

Er brachte mich zur Tür und weiter nach draußen. Der Sergeant salutierte lässig.

»Sie haben mir übrigens sehr geholfen mit diesem Gespräch. Na, ich melde mich vielleicht wieder. Vielen Dank.«

Kapitel

Zu Hause fand ich Post von Wendy – einen kurzen Luftpostbrief – aufgegeben in Cambridge/Mass. Ihrem Vater ging es nicht gut. »Wir müssen damit rechnen«, schrieb sie, »daß er vielleicht ins Krankenhaus muß. Wann kannst du kommen?«

Ich rief sofort in Boston an, erreichte aber nur das irische Hausmädchen, Jennifer. Sie rechnete blitzschnell aus, daß ich Wendy in der Nacht aus dem Bett klingeln würde, wenn ich morgen früh von Frankfurt aus anriefe. »Aber das ist gut so, Sir, ich werd's

Mrs. Wendy sagen.«

Ich duschte. Das Telefon klingelte, ich ließ es klingeln. Als ich mich angezogen hatte und auf der Terrasse saß, hörte ich ein Auto vor dem Haus. Dann knirschten Schritte im Kies, und Thelick stand – wie am Samstag abend – plötzlich auf der Terrasse.

»Haben Sie was vor, Jagosch? Wenn nicht, würde ich gern mit Ihnen reden.«

Ich lud ihn ein, Platz zu nehmen. Das Bierfaß hatte ich in der Küche deponiert, und von dort bedienten wir uns.

»Was ist los, Thelick? Was kann ich tun für Sie?«

Er blies den Bierschaum über den Rand des Kruges.

»Mir geht der Mord an Zed im Kopf herum«, sagte er, »Ihnen doch wohl auch.«

Ich nickte nur.

»Ich habe heute mit Dorian gesprochen, in seinem Büro. Er ist noch nicht weit gekommen.«

»Ich habe ihn heute nachmittag in meinem Büro gehabt.«

»Und – ist was dabei rausgekommen?«

»Nein.«

Thelick stierte vor sich hin auf das Gras, über das der Abendschatten des nahen Waldes fiel.

»Ich finde«, sagte er nach einer Weile, »Dorian fängt an der falschen Stelle an zu suchen.«

»Wie meinen Sie das?«

»Er verdächtigt uns alle aus dem Club. Aber das ist er an der falschen Stelle.«

»So?« sagte ich nur.

»Ja, er müßte erst mal den Hintergrund recherchieren. So machen wir das als Journalisten. Man hat zunächst ein paar Fakten und fängt dann an, alles an Material zusammenzutragen, was es gibt!«

»Das ist doch sicher nicht der erste Fall, den Dorian löst. Und zunächst muß er doch wohl mit dem Spatzen in der Hand anfangen.«

»Und dabei Zeit verlieren!«

»Ich verstehe nicht, was Sie meinen, Thelick.«

»Das Ganze hat doch wohl mit dem geplanten Ausbau des Flughafens zu tun, mit der Startbahn West.«

Er sagte das so, als zweifle er nicht daran.

»Das müssen Sie mir mal erläutern.«

Ich stand auf und holte mir meine Abendzigarre. Er beobachtete genau, wie ich sie anschnitt und vorsichtig in Brand setzte.

»Also, ich sehe das so und stütze mich dabei zunächst nur auf das, was ich von Ihnen weiß.«

Er lehnte sich jetzt vor und stützte seine Ellenbogen auf die Knie. Den Bierkrug hatte er neben den Sessel gestellt, so weit weg, daß auch ein paar fahrige Bewegungen ihn nicht umstürzen konnten.

»Sie haben uns erzählt, von wo Sie Zeds Weihnachtskarten bekamen. Und ich habe heute in unserem Amerika-Archiv gestöbert, Abteilung Verteidigungspolitik. Zed war immer da, wo die Amerikaner Militärflugbasen ausbauten.«

»Na und«, sagte ich, »was heißt das? Er war kein Militär, sondern Zivilist.«

»Das mag sein, aber er war Fachberater.«

»Wie kommen Sie darauf? Seine Fachberatung könnte sich auch auf den Ausbau von Lazaretten bezogen haben. Das hat Zed mir jedenfalls erzählt.«

»Und was wollte er hier in Frankfurt?«

»Das Flughafenhospital renovieren lassen.«

Er schüttelte den Kopf.

»Das glauben Sie besser nicht. Das Militärhospital ist in Wiesbaden, hier auf dem US-Flughafen gibt es nur eine Erste-Hilfe-Station und die wurde erst Anfang dieses Jahres neu eingerichtet. Ich habe das aus den Presseverlautbarungen der US-Army entnommen. Die haben wir nämlich auch archiviert.«

»Das beweist aber immer noch nicht, daß Zed Militärberater war.«

»Was sonst?«

»Zum Beispiel Elektronikfachmann!«

»Dann hätte er nicht in Harvard studiert, sondern am M.I.T., am Massachussetts Institute of Technology.«

Thelick hatte sich, weiß Gott, gut informiert. Was wußte er noch?

»Ich gehe also davon aus, er war Fachmann für den Ausbau von Flughäfen für militärische Zwecke.«

»Das ist immer noch eine Vermutung von Ihnen, Thelick.«

»Nein. Sie waren 1959 drüben. Zed lernten Sie zu der Zeit kennen, nicht wahr?«

Ich rechnete nach. Ich würde mir nichts vergeben, wenn ich zustimmte.

»Aber er studierte nicht dasselbe Fach wie Sie, sondern Geologie.«

Ich versuchte, meine Überraschung zu verbergen. Sehr kühl fragte ich: »Und woher wissen Sie das?«

»Er hat 1962 seinen Doktor in Geologie in Harvard gemacht. Ich habe unseren Korrespondenten in New York angetelext. Der ging in die New York Public Library und entdeckte dort nicht nur das *Class Register* von Harvard, sondern auch das Buch, das Zed Abraems als Doktorarbeit abgeliefert hat. Den genauen Titel habe ich in der Redaktion. Aber die Arbeit beschäftigte sich mit den Einflüssen von Tiefbauten, vor allem von Runways auf die oberen Erdschichten. Da tauchten ja enorme Druckkräfte auf, und immer wieder gibt es Öl- oder Benzinunfälle. Und das war Zeds Spezialgebiet.«

Ich schwieg. Er hatte recht, aber das konnte und wollte ich nicht zugeben. Als wir in den White Mountains waren, hatte Zed mir davon berichtet.

»Also, Zed war Fachmann für den Ausbau von Flughäfen.«

Thelick stand auf, nahm meinen Krug und seinen und füllte beide in der Küche.

Auf was will er jetzt hinaus, dachte ich. Was weiß er noch?

»Eigentlich ist das aber gar nicht so fürchterlich wichtig. Ich nehme mal an, daß davon niemand etwas wußte – außer Ihnen, Jagosch.«

Ich zuckte mit den Schultern.

»Zed wurde erschossen, darum geht es!«

»Natürlich.«

Er trank einen langen Zug und schwieg.

Der Lärm der abfliegenden Maschinen war heute erträglicher. Sie hatten ihren Kurs östlicher gelegt und beglückten Neu-Isenburg mit ihren Lärmteppichen.

»Noch etwas habe ich herausgefunden.«

»Sie scheinen ein gutes Archiv zu haben, Thelick.«

»Ja«, sagte er nur.

»Sehen Sie«, fuhr er wieder nach einer Pause fort, »da gibt es einen Briefwechsel aus den sechziger Jahren. Ich weiß nicht, wie die Kopien in unser Archiv gelangten. Wir haben bisher keinen Gebrauch davon gemacht. Aber jetzt könnten sie wichtig sein.«

»Briefe von Zed?«

Thelick lachte kurz.

»Natürlich nicht. Ein Pastor schrieb an den damaligen hessischen Ministerpräsidenten Zinn und der antwortete ihm. Der Pastor schrieb zurück – und erhielt keine Antwort mehr.«

»Und was hat das mit dem Mord an Abraems zu tun?«

»Gar nichts, aber es ist wichtig.«

»Also, was steht in den Briefen?«

Thelick legte die Fingerspitzen gegeneinander und beugte sich vor.

»Es geht in den Briefen um ein Grundproblem, das immer noch nicht gelöst ist. Ich will es mal kurz umreißen.

Der Pastor schrieb an Zinn, der Flughafenausbau schade der Umwelt und nütze niemandem. Ich sehe das anders, unsere heutige Umwelt verlange solche Technik, antwortete Zinn. Und der Pastor schrieb zurück, der Mensch bestimme, wie seine Umwelt auszusehen hat. Keinesfalls dürfe die Technik Herr des Menschen werden, auch nicht in diesem speziellen Fall. Die haben das alles sehr viel ausführlicher diskutiert, aber ich hab's im wesentlichen wohl richtig wiedergegeben.«

»Und wo ist der Witz bei der Sache?«

»Zinn gab darauf keine Antwort. Das Problem blieb ungelöst. Statt eine Lösung dieses Grundproblems zu suchen, fing man mit den Vorbereitungen zum Flughafenausbau an. Und genau da stehen wir heute. Demnächst wird's ja wohl endgültig losgehen, die Parteien zieren sich noch, aber das dauert sicher nicht mehr lange. Es wird schon genügend Interessenvertreter geben, die den Neubau der Startbahn West vorantreiben.«

Ich mußte aufpassen, daß die Diskussion nicht in eine Richtung lief, die mir nicht paßte. Was hatte Thelick noch alles ausgegraben?

»Sie meinen also, Zinn hätte antworten müssen«, sagte ich.

»Mal abgesehen von purer Höflichkeit, die auch Ministerpräsidenten gut ansteht, bin ich der Meinung, daß ein so wichtiges Problem vom Grundsatz her ausdiskutiert werden muß.«

»Das ist doch eine akademische Übung, Thelick, Primanerstoff für Besinnungsaufsätze: Ist der Mensch Herr der Umwelt oder ihr Knecht?«

»Das sehe ich ganz anders. Wenn Sie so ein wichtiges Thema nicht ausdiskutieren, muß jeder für sich eine Antwort finden – notfalls mit der Pistole!«

»Sie sind ja ganz schön mutig in Ihren Schlußfolgerungen, Thelick.«

»Ja. Das mag sein. Aber was glauben Sie, was jetzt vor uns liegt? Eine lange Phase von Streitereien und Gewalt – und das nützt niemandem. Firmen haben ihre Antwort abgegeben, warten auf den Zuschlag, gewalttätige Bürgerinitiativen formieren sich um unseren Freund Brehm, es wird einen heißen Sommer und Herbst geben – weil das Grundproblem nicht gelöst wurde.«

»Sie meinen, das hätte man vorher lösen sollen? Wann denn?«

»Man hatte dazu über fünfzehn Jahre Zeit.«

»Und was heißt das? Glauben Sie, die Parteien können eine so prinzipielle Frage lösen? Die sind doch mit der Tagespolitik vollauf beschäftigt und Grundsätzliches wird nur alle Jubeljahre mal besprochen. Und dann so allgemein abgehandelt, daß man praktisch damit nichts anfangen kann, bis ein konkreter Fall eintritt.«

»Wie jetzt«, stimmte Thelick zu. »Aber diese Gewalttat in Ihrem Garten beruht schließlich auf einem Mangel an Grundsätzen, die man ernst nimmt. Und damit meine ich nicht politische Grundsätze, sondern moralische oder existentielle. Die Parteien haben die Pflicht, sich damit auseinanderzusetzen.«

Solche Diskussionen kann man nächtelang fortsetzen, dachte ich. Aber Thelick, das hatte ich gerade gelernt, war ein guter Rechercheur. Worauf wollte er hinaus?

»Ich hol' uns mal einen Schnaps«, schlug ich vor, »es wird kalt.«

»Gern«, sagte Thelick, »ich hab's ja nicht weit nach Hause.«

Der eiskalte Bommerlunder wärmte uns.

»Ich mach' Feuer an«, sagte ich, »oder . . .?«

»So lange will ich nicht bleiben, aber lassen Sie mich meinen Gedanken zu Ende führen.«

»Gut, was schließen Sie aus alldem?«

»Im Grunde habe ich eine ganz triviale These. Vor dem ungelösten moralischen Problem ›Technik oder Mensch‹ und angesichts eines Mannes, der das Problem zugunsten der Technik, also der Startbahn West, lösen würde, griff der Täter zur Waffe. Zed starb.«

»Das heißt also, der Täter war ein moralisch denkender Mensch, der sich gegen den Ausbau entschieden hatte und Zed aus dem Wege räumte – eben aus moralischen, übergeordneten Gründen.«

Thelick nickte.

»Sie haben mich genau verstanden.«

»Das heißt, der Täter mußte also wissen, welche Rolle Zed hier spielen sollte.«

»Richtig.«

»Das schränkt den Kreis sehr ein, in dem wir den Täter suchen müssen.«

»Genau.«

»Also zum Beispiel im Club.«

»Ja. Oder auch bei den Amis. Aber im Club vor allem.«

»Sie selber kämen also auch in Frage!«

»Ja, wenn ich gegen den Ausbau wäre.«

Er erhob sich.

»Ich werde jetzt gehen«, sagte er. »Vielleicht fragen Sie sich, Jagosch, ob Sie's nicht gewesen sein könnten. Sie wissen, wie ich das meine.«

»Na, für einen Gast gehen Sie ganz schön hart mit mir um.«

»Ich dachte«, sagte Thelick an der Haustür, »ich wäre hier als Freund.«

Ich wußte nicht, was ich darauf antworten sollte und schwieg.

Kapitel

7

Am Dienstag früh rief ich Wendy vom Büro aus an. Ich verschwieg ihr, daß Zed bei uns im Garten erschossen worden war und bestätigte nur, daß ich Anfang nächster oder übernächster Woche rüberkommen würde.

Dann ließ ich mir aus unserer Presseabteilung die Ordner mit den vwd-Meldungen über unsere Bank kommen und unsere eigenen Pressemeldungen der letzten Jahre.

Thelick hatte so verdammt gut recherchiert, daß es wahrscheinlich schien, er werde auf Spuren stoßen, die mir nicht paßten. Ich ging vier Ordner durch – immer mit der Frage im Kopf: Was kann jemand daraus gegen uns verwenden? Als Fazit blieb: nicht viel. Daß wir bei den mittelgroßen Banken in der Dividende lange das Schlußlicht gebildet hatten, war bekannt. Unsere Beteiligungen an einigen Baufirmen wurden nur in Nebensätzen erwähnt. Eine Pressenotiz aus dem letzten Jahr, die Rüsch während meines Urlaubs selbst rausgegeben hatte, gefiel mir gar nicht mehr. Sie machte unser Engagement im Baubereich zu deutlich – aber das war jetzt nicht mehr zu ändern. Ich konnte nur hoffen, daß unsere Meldung da gelandet war, wo die meisten Pressemeldungen von Unternehmen enden: im Papierkorb. Ich rief unser Pressearchiv an. Dreißig Minuten später wußte ich: Damals hatte kein Blatt dieses Thema aufgegriffen.

Im Aufzug traf ich Rüsch. Wir waren alleine.

»Na, halten Sie die Presse ruhig?« fragte er.

»Ja, zur Zeit noch.«

»Besser, Sie halten sie die ganze Zeit ruhig, Jagosch.«

»Ich gebe mir Mühe.«

»Das setze ich voraus, aber Sie brauchen Ruhe an der Front.«

Ich dachte an Thelick. Was der wohl jetzt gerade recherchierte?

Die Zeitungen hatten nichts über den Fall gebracht in ihren heutigen Ausgaben. Aber das hieß nicht, daß nicht morgen etwas darüber zu lesen sein konnte.

In meinem Büro hatte niemand angerufen. Wenn also Dorian und Johnson ihrerseits schwiegen, würde es wohl kein Presseecho mehr geben.

Trotz der kochenden Mittagshitze fuhr ich ins Nordend zu Dortlichs Agentur. Ich wollte mir mal Seiferts Fotos ansehen. Seltsam, daß er mir von seinem Hobby nie etwas erzählt hatte. Wie kam ein Mensch dazu, Fotos von Vögeln zu schießen – und so hervorragende, wie ich schnell feststellte?

Dortlich war Gott sei Dank nicht im Haus, aber die Empfangsdame zitierte einen Grafiker herbei, der mich herumführte.

»Er benutzt lange Brennweiten und extrem empfindliche Filme«, sagte der bärtige junge Mann in Jeans und T-Shirt. Er roch nach Bier und drehte sich dünne Zigaretten aus schwarzem Tabak, während er mich begleitete.

»Danke«, sagte ich. Ich hatte genug gesehen.

»Kommen Sie gut voran mit Ihrer Arbeit?« Ich erinnerte mich, den Grafiker mal in Dortlichs Gesellschaft gesehen zu haben, als sie uns eine Tageszeitungskampagne vorstellten.

»Ja, ja, der Slim triezt uns ganz schön.«

»Prima«, sagte ich.

Genau das hatte ich ja erreichen wollen.

»Also dann, bis später. Vielen Dank.«

Unterwegs trank ich nur eine Tasse Espresso in einer Pizzabude und fuhr dann über die Autobahn zurück nach Buchschlag. Die Dietrich hatte Termine mit Brehm und Wörthmann gemacht.

Wörthmann wohnte in einer kleinen Jugendstilvilla, bei deren Renovierung er selbst kräftig mitgeholfen hatte. Sie stand im Schatten einer riesigen Eiche, von weiten Rasenflächen umgeben. Wäsche hing träge in der Mittagshitze.

Wörthmann öffnete.

»Kommen Sie rein«, sagte er, »übrigens hält Dorian mich für den Täter.«

Sein grünes Oberhemd trug er mit aufgerollten Ärmeln und bis zum dritten Knopf offen. Sein blonder langer Bart bedeckte die Brust. Er war wirklich ein Bilderbuchförster.

»Nun mal langsam«, sagte ich, »was ist los?«

Er führte mich in sein Arbeitszimmer. Durch das offene Fenster sah ich im Garten unter einem Sonnenschirm auf einem Liegestuhl seine Frau schlafen.

Wir setzten uns in kleine Ledersessel, die um einen runden Tisch standen. An der Wand hing eine große Karte des Reviers, mitten drin als rosa Flecken Buchschlag, Sprendlingen, Langen und gelbe Linien, die die Straßen markierten. Die Wege und Pfade im Wald waren grau.

Auf dem Schreibtisch stand ein Tablett mit einer Thermoskanne und zwei Tassen. Es war kühl in diesem Raum, die riesige Eiche hielt die Hitze ab.

Als er den Kaffee eingeschenkt hatte, stopfte er sich eine Pfeife und bot mir aus einem Lederbeutel Tabak an. Ich schüttelte den Kopf. Seit Jahren hatte ich keine Pfeife mehr geraucht.

»Inspektor Dorian hält Sie also für den Täter?«

Er nickte, drückte mit dem Daumen die Glut in die Pfeife zurück, riß noch einmal ein Hölzchen an und stieß blaue Wolken aus.

»Und warum sind Sie dann noch hier, er hätte Sie doch verhaften müssen! Wie kam er denn auf Sie als Täter?«

»Ich habe ihm die Tatwaffe gegeben!«

Im Arbeitszimmer herrschte grünes Dämmerlicht. Eine Fliege summte. Dann drang von draußen der Lärm eines Flugzeugs zu uns. Heute waren wir in Buchschlag wieder dran.

»Sie machen Witze, Wörthmann. Was ist los?«

»Na ja, ich habe ja wohl ein Motiv.«

»Welches?«

»Tun Sie nicht so, als wüßten Sie's nicht, Jagosch. Ich leite hier den ›Forstverein‹ – und der ist gegen den geplanten Bau der Startbahn.«

Wörthmann hatte die Leitung des »Forstvereins« von seinem Vorgänger, dem Revierförster Bultmann, übernommen. Soweit ich mich erinnerte, hatte der »Forstverein« die Pflege des Waldes auf seinem Programm. In letzter Zeit hatte der Verein einen Linksdrall bekommen. Schriftsteller aus der Szene lasen auf Heimabenden aus ihren Werken, und die Presse berichtete ausführlich darüber. Der Verein hatte geschlossen an einigen Demonstrationen gegen den Ausbau des Flughafens teilgenommen.

»Was hat das denn mit Zeds Tod zu tun?«

»Wollen Sie sich nicht erinnern? Sie haben uns doch erzählt, daß Zed für die Amis arbeitet. Erinnern Sie sich nicht? Sie erzählten uns doch, von wo Sie die Weihnachtskarten bekamen. Immer aus Gegenden, in denen die US Air Force Flughäfen baute.«

»Und daraus schließen Sie, daß Zed hier den Flughafen ausbauen will, nehmen eine Pistole, knallen ihn ab und liefern die Waffe dem Inspektor ab.«

Der Kaffee schmeckte säuerlich und war sehr stark. Mir wurde der Kragen eng.

»Ich finde, die Sache ist nicht so lustig, Wörthmann.«

Er merkte wohl, daß er den falschen Tonfall gewählt hatte, seit er mich in das Arbeitszimmer gebeten hatte.

Er legte die Pfeife in den Aschenbecher, trank einen Schluck Kaffee und lehnte sich im Sessel zurück. Zu seinem grünen Hemd trug er Blue jeans und Bergstiefel.

»So habe ich's nicht gemeint. Tut mir leid, Jagosch.«

»Okay«, sagte ich, »was war also los?«

»Sehen Sie mal her«, sagte er. Wir standen auf und gingen vor die Karte.

»Hier ist Ihr Haus, das da ist die große Straße, hier links die Stichstraße zu Ihnen. Und das alles ist Wald. Die grauen Streifen sind Wege, die grauen Streifen mit den unterbrochenen Strichen in der Mitte sind Wege, die man mit dem Auto befahren kann.«

»Ja, das kenne ich alles.«

»Der Schuß fiel von hier, aus dem Wald, der an Ihren Garten stößt. Ich weiß das von Dorian. Mit dem Auto kommt man nicht an diese Stelle. Der Täter mußte also mindestens zweihundert Meter zu Fuß gehen. Wenn er mit dem Auto kam, hätte er hier an der Straße oder dort auf dem Waldweg parken können.«

»Und wenn er ein Fahrrad benutzte?«

»Das tat er nicht, wie sich zeigen wird. Es wäre auch gefährlich gewesen. Denn wenn der Schuß daneben gegangen wäre, hätte er schnell fliehen müssen – und das mit einem Rad?«

»Hm«, machte ich nur.

»An der Straße mit einem Auto zu halten, wäre ebenso gefährlich gewesen. Zu viele hätten den Wagen sehen können. Viel sinnvoller war es, diesen Waldweg zu benutzen. Er führt direkt zum Bahndamm und dann auf den Asphaltstreifen hier, und der führt zur Bundesstraße.«

»Zu riskant«, meinte ich. »Immerhin kann man die Autospuren doch entdecken.«

»Nein, Jagosch. All die Wege hier sind geschottert, da finden Sie keine Spur.«

»Gut«, sagte ich, »das haben Sie also kombiniert?«

»Ja«, erwiderte Wörthmann nur, »das habe ich kombiniert.«

»Und was machten Sie dann?«

Wir standen immer noch vor der Karte. Wörthmann legte den Finger auf einen Punkt.

»Hier kreuzt der Schotterweg den Hengstbach.«

»Richtig«, sagte ich. »Ich kenne die Stelle.«

»Dann wissen Sie auch, daß der Bach hier von Huflattich überwuchert ist, sehr tief ist und ein ziemlich trübes Gewässer dazu.«

»Er stinkt im Sommer.«

»Richtig. Und da fand ich die Pistole!«

»Moment«, sagte ich. »Sie fanden eine Pistole. Woher wissen Sie, daß es die Pistole war, die der Täter benutzte?«

Er setzte sich jetzt, nahm seine Pfeife aus dem Aschenbecher und zündete den Tabak mit einem Sturmfeuerzeug wieder an.

»Ob es die Tatwaffe ist, muß Dorian noch rausfinden. Aber sie lag noch nicht lange im Wasser. Ich bin mit meinem Jeep an die Stelle gefahren, habe meine Badehose und meine Tauchbrille genommen und das Bachbett abgesucht. Das war heute morgen. Ich stand wie ein Wiedehopf, aber ich fand eine Waffe, rief Dorian an, und der kam und holte sie ab.«

»Und was sagte er?«

»Nicht viel. Er fragte nur. Vor allem nach dem Forstverein.«

Ich dachte nach.

»Könnten Sie diese Geschichte für sich behalten, Wörthmann?«

»Wem sollte ich Sie erzählen, außer Dorian und Ihnen?«

»Thelick zum Beispiel. Der ist ja als Journalist heiß auf solche Sachen. Und könnte darüber groß schreiben.«

»Stört Sie das?«

»Ja, es stört mich. Ich möchte, daß der Täter gefaßt wird. Und wenn zu viel in der Zeitung steht, wird das nur schwieriger für Dorian.«

Wörthmann strich sich durch seinen langen Bart, der so gar nicht zu seinem jungen Gesicht passen wollte. Er machte ihn viel älter als seine neunundzwanzig Jahre.

»Gut. Ich halte also die Klappe. Aber Dorian hat das nicht verlangt von mir.«

»Er hat's wohl nur vergessen.«

»Wer glauben Sie, war's, Jagosch?«

»Ich habe keine Ahnung. Einer von uns aus dem Club vielleicht. Vielleicht einer von den Amis. Wenn Ihre These stimmt, daß Zed mit dem Flughafenausbau zu tun hat, gibt es ja ein Motiv!«

Er goß Kaffee nach. Die Thermoskanne wurde leer.

»Und plötzlich sind wir alle, die gegen den Bau der Startbahn sind, verdächtig. Ich, Brehm, Thelick – und was ist mit Seifert, Dortlich und Ihnen? Sind Sie dafür oder dagegen?«

Die Frage war sehr hart gestellt, und ich spürte schmerzhaft die Stille im Zimmer.

»Seifert ist Jurist bei der Horstum AG, die für den Bau der Startbahn gegründet wurde«, sagte ich. »Und ich wohne in Buchschlag wie Sie.«

»Sie sind also auch dagegen, und nur Seifert ist dafür!«

»Seifert ist sicher dafür. Bei Dortlich bin ich nicht sicher. Aber Seifert fällt aus. Und ich bin als einziger Tatzeuge sowieso verdächtig.«

Irgendwo aus dem Haus klang eine weinerliche Babystimme. Wörthmann sprang sofort auf.

Ich verabschiedete mich.

»Melden Sie sich wieder, wenn Sie was wissen, Jagosch?«

»Sofort«, versicherte ich.

Als ich zu Brehm fuhr, fragte ich mich, was wohl Wörthmann bewegt hatte, auf eigene Faust nach der Tatwaffe zu suchen. Nun ja, der Mord war in seinem Revier passiert, und ich konnte schon verstehen, daß ihn das ansportnte, selbst nach Spuren zu suchen.

Aber es war schon seltsam, daß er auf Anhieb die Tatwaffe gefunden hatte.

Angenommen, er wäre der Täter. Angenommen, sein Engagement im »Forstverein« hätte als Motiv ausgereicht, Zed zu erschießen. Warum lieferte er dann die Waffe der Polizei ab? Viel sinnvoller wäre es doch, die Waffe so zu verbuddeln, daß niemand sie finden würde. Er hatte ja ein riesiges Waldrevier als Versteck für eine Handvoll Eisen zur Verfügung. Aber Wörthmann als Mörder? Nein – ich konnte es mir nicht vorstellen.

Brehm bot mir auch Kaffee an, als wir in seiner Bibliothek saßen. Er hatte eine kleine Wohnung dicht neben der Kirche, und das einzige Fenster aus diesem Zimmer ließ den Blick auf den Glockenturm mit dem Baugerüst frei.

Brehm saß auf einem Ledersofa, auf dem er wohl einen Mittagsschlaf gemacht hatte. Das Kissen war zerwühlt, und ein Buch lag aufgeschlagen auf dem Couchtisch.

»Ich mache gerade den Menüplan für unser nächstes Clubtreffen«, sagte er.

»Was halten Sie von Spinatsalat mit roher Gänseleber, gefolgt von Seezungenfilet mit Äpfeln und Granatäpfelkernen und als Hauptgang Kalbszunge?«

Er musterte mich über seine Kaffeetasse. Ich merkte, wie seine rechte Hand leicht zitterte. Sein Gesicht unter dem kurzen Haar war rot, so als litte er sehr unter der Hitze.

»Nicht schlecht«, sagte ich, »aber vielleicht würde Entenbrust als Hauptgang besser passen.«

»Gut«, sagte er, »Entenbrust. Mache ich.«

Aus seiner Hemdentasche holte er ein Notizheft mit Bleistift und schrieb etwas hinein.

Dann legte er die rechte Hand fest auf sein Knie und sah mich fragend an.

»Was kann ich tun für Sie, Jagosch?«

»Ich versuche nur meine Gedanken zu klären, Brehm. Zed ist tot, und ich steh' da und weiß nicht weiter.«

»Richtig. Aber das ist doch Aufgabe der Kripo. Dieser Inspektor war heute hier. Dorian, Rupert Dorian.«

»Ich weiß, er war auch bei Wörthmann. Er muß natürlich mit all den Leuten reden, denen ich von Zed erzählt habe.«

»Und wir sind alle verdächtig, theoretisch jedenfalls.«

Ich nickte.

»Wir hätten auch alle Grund, Zed zu erschießen, wenn wir . . .«

Er ließ den Satz unvollendet.

Draußen hupte ein Auto. Ein Hund bellte. Ich hörte eine Betonmischmaschine anlaufen. Der Kirchturm wurde innen neu verputzt, fiel mir ein. Es stand in unserem Lokalblättchen.

»Wie kommen Sie darauf, Brehm?«

Er rückte sich zurecht. Trotz der Hitze in seiner Bibliothek trug er den obersten Kragenknopf geschlossen.

»Man muß nicht Militär gewesen sein wie ich«, sagte er, »um zu erkennen, daß Zed wahrscheinlich Experte der US Air Force für Flughafenausbau war. Sie haben das ja deutlich gemacht mit ihrem damaligen Bericht.«

»Hab' ich das?«

»Natürlich, vielleicht nicht gewollt, aber es war uns allen klar. Und damit sind wir alle mögliche Täter, wenn wir gegen den Ausbau sind.«

Das hatte ich nun schon mehrmals gehört.

»Warum sind Sie eigentlich gegen den Ausbau, Brehm? Sie sind als Oberstleutnant aus der Bundeswehr ausgeschieden. Da ist man doch nicht Gründer von gewalttätigen Bürgerinitiativen!«

Zum ersten Mal lachte er. Ich sah seine schiefen, gelben Zähne.

»Das hat mich Dorian heute auch schon gefragt. Ich will's Ihnen sagen: Wenn ich für den Ausbau wäre, wäre ich beim Bund geblieben. Mit fünfzig ist man noch nicht zu alt für den Laden. Und meine Beförderung stand ja unmittelbar bevor.«

»Und warum sind Sie ausgestiegen?«

»Hat Ihnen Wörthmann nicht erklärt, was hier passiert? Mitten im Frieden macht der Flughafen hier alles kaputt. Sehen Sie sich mal die Tannen an, die jungen. Aus denen wird nichts mehr. Die gehen alle ein. Und die großen Bäume erwischt's auch bald. Dann haben wir hier Todwälder ringsum. Ein Wahnsinn. Und die Menschen gehen auch drauf.«

Für einen Militär waren das zumindest ungewöhnliche Gedanken. Ich hatte bis zu diesem Augenblick immer geglaubt, Obristen interessieren sich für alles andere als für Menschen- und Umweltschutz.

»Na gut«, sagte ich, »das stimmt vielleicht.«

»Stimmt ist nicht der richtige Ausdruck. Wir laufen offenen Auges in unsere Selbstzerstörung. Da kann man doch nicht zusehen und abwarten. Aktiv werden ist das Gebot der Stunde. Da – da drüben stehen meine Ordner. Was glauben Sie, wie viele sich schon spontan meiner neuen Bürgerinitiative anschließen wollen. Ganz Walldorf steht hinter mir, in Neu-Isenburg geht's los, selbst aus Götzenhain habe ich Briefe. Nur Buchschlag ziert sich noch. Die Herren hier sind sich wohl zu fein.«

Er hatte die Fäuste auf den Tisch gelegt. Ich sah wieder, wie seine rechte Hand leicht zitterte. Sein Gesicht glänzte hochrot.

»Und Sie meinen«, sagte ich und versuchte kühl zu bleiben, »deswegen mußte man Zed erschießen!«

»Das«, polterte er los, »das haben Sie gesagt.«

Er atmete tief aus, lehnte sich ganz über den Tisch und schob die Tassen zur Seite.

»Aber es gibt Situationen«, sagte er, »da bleibt dann kein anderer Ausweg als die Pistole.«

»Menschenskind, Brehm, wollen Sie sagen, Sie haben Zed erschossen?«

Er lachte dröhnend, sein Blick wanderte aus dem Fenster auf den Kirchturm.

»Da drüben im Schreibtisch lag meine Pistole, Bundeswehrmodell, bis heute früh. Und da liegt auch mein Waffenschein. Dann kam dieser Mensch von der Kripo. Und jetzt untersucht er, ob der Schuß aus meiner Pistole gefallen ist. Soll er!«

Es war Zeit aufzubrechen.

»Ich melde mich«, sagte ich nur.

»Gut, und überlegen Sie sich mal, ob Sie nicht endlich auch dagegen sein müßten und bei uns Mitglied werden.«

»Ich werde's mir überlegen«, versprach ich und trat in die brütende Hitze dieses Augustnachmittags.

Kapitel

8

Dorian kam unangemeldet, aber sehr gut vorbereitet. Ich hatte mir Ruhe gewünscht nach diesem heißen Tag, Ruhe, um meine Gedanken zu ordnen. Er sorgte für weitere Unruhe, als er um halb neun abends klingelte:

»Machen Sie nie Feierabend?« fragte ich ihn.

»Bei einem Fall wie diesem nicht. Darf ich reinkommen?«

Was sollte ich tun? Ich bot ihm ein Bier an. Er nahm sogar an, und wir setzten uns auf die Terrasse.

Dann kam er gleich zur Sache.

»Wir haben heute zwei Pistolen untersucht. Aus einer fiel der tödliche Schuß. Was haben Sie am Sonntag gemacht?«

»Geschlafen, Waldlauf, Mittagessen, geschlafen, gearbeitet, mit den Nachbarn geredet.«

Es fiel mir leicht, mich zu erinnern.

»Ihre Waldlaufstrecke?«

»Ich war nicht an der Brücke, bei der Wörthmann die Pistole fand.«

Dorian nickte.

»Das dachte ich mir fast, kann irgend jemand bestätigen, was Sie sagen?«

»Den Waldlauf nicht. Ich war früh draußen. Vielleicht hat mich jemand gesehen, aber bestimmt nicht den ganzen Weg verfolgt. Ich war ziemlich allein unterwegs. Die meisten Jogger starten erst später.«

»Ich weiß«, sagte er. »Wörthmann hat mir das alles erzählt.«

»Und aus der Pistole, die er Ihnen gab, wurde der Schuß abgegeben?«

»Warum glauben Sie, daß es diese Pistole war und nicht die von Brehm?«

Ich hatte nicht nachgedacht. Aber es paßte wohl doch besser zu meinem Bild von dem Mord, daß der Unbekannte seine Waffe in einen Bach wirft. Geradezu aberwitzig wäre es gewesen, eine Waffe nach der Tat mit nach Hause zu nehmen. Jedes Kind weiß mittlerweile, wie schnell man eine Waffe identifizieren kann.

Als er keine Antwort von mir bekam, lehnte er sich auf dem Gartensessel vor.

Er musterte mich schweigend mit schräg gelegtem Kopf, lächelnd, freundlich und verwirrend. Ich konnte ihn plötzlich nicht mehr einstufen. Mit Kriminalbeamten hatte ich bisher nie zu tun gehabt.

Diese Unfähigkeit, Dorian einzuschätzen, machte mich unsicher und vorsichtig zugleich. Abwarten, dachte ich, laß ihn kommen. Er saß hier auf meiner Terrasse, aber ich konnte die Szene bestimmen.

So als habe er erwartet, auf seine Frage keine Antwort zu bekommen, begann er leise: »Ich sage Ihnen jetzt mal, wo wir stehen in unseren Ermittlungen; ich sage Ihnen das, weil Zed Ihr Freund war. Colonel Johnson hat Ihr Abenteuer vor zwanzig Jahren in den White Mountains recherchiert. Also – es stimmt, was Sie berichtet haben.«

»Hatten Sie Zweifel?«

Statt zu lächeln, wie ich es erwartet hatte, sagte er nur: »Ich zweifle immer. Aber die US Air Force hat oben auf dem Mount Washington eine Wetterstation. Und dort ging die Überprüfung los. Also – es stimmt. Auch im Hospital von Bretton Woods erinnerte sich jemand.«

»Hat Johnson etwa auch meine Frau interviewen lassen?«

»Nein. Sie wäre Partei gewesen – und Sie haben uns nicht gesagt, wo sie zu erreichen ist. Wir sehen den Fall jetzt so: Von den fünf Männern, die mehr oder weniger genau Zeds Auftrag hier ahnten, haben zwei ganz handfeste Motive, ihn zu beseitigen. Brehm und Wörthmann. Der eine bringt mir die Tatwaffe, gibt an, sie im Bach gefunden zu haben. Hat er sie selbst dorthin geworfen? Der andere war ein hervorragender Pistolenschütze beim Bund und händigt mir seine Waffe aus. Hat er zwei Pistolen? Logischerweise fanden wir keine Fingerabdrücke darauf. Beide können also mit Waffen umgehen, beide haben ein Motiv.

Ihre Alibis sind bescheiden: Brehm verließ um neunzehn Uhr vierzig seine Wohnung, aber er hat keine Zeugen. Zur Tatzeit will er in einer Kneipe gewesen sein. Wir prüfen das noch. Er gibt vor, seinen Steuerberater gesprochen zu haben. Der ist auf Campingreise irgendwo in Frankreich oder Spanien. Ob wir ihn so schnell finden? Wörthmann tankte seinen Jeep an der SB-Tankstelle. Seine Frau hatte er zu Freunden nach Götzenhain gebracht. Das war um halb acht. Die Zeit ist sicher. Dann fuhr er zurück, parkte den Wagen vor dem Forsthaus, grüßte die Babysitterin, die vor dem Haus saß, und ging dann zu Fuß zu Ihnen. Uhrzeit offen – irgendwann knapp vor zwanzig Uhr. Also – wir haben zwei sehr Verdächtige.

Thelick traf unmittelbar nach dem Schuß hier bei Ihnen ein. Etwa so lange nach dem Schuß, wie man braucht, um vom Wald hinter Ihrem Garten außenrum an Ihre Haustür zu kommen. Thelick hat kein greifbares Motiv – außer, daß er engagierter Naturapostel ist. Sie kennen wahrscheinlich seine beiden Bücher über Vollwertkost und Schulkinderernährung. Natürlich ist so ein Mann innerlich gegen den Flughafenausbau. Aber reicht das, um zur Waffe zu greifen? Zweifelhaft – auch hier prüfen wir noch.

Dortlich – ein unbeschriebenes Blatt. Alibi: so wackelig wie alle. War mit dem Wagen nach eigenen Angaben um halb acht in Frankfurt gestartet und wartete nach eigenen Angaben von fünf vor acht bis zwei Minuten vor acht an der geschlossenen Bahnschranke vor Buchschlag. Die Zeit konnte er deshalb so genau angeben, weil er sich das neue Plakat für die Marlboro ansah, das hinter der Schranke unter der Bahnhofsuhr an einer Plakattafel hängt. Der Schrankenwärter erinnert sich, daß nur wenige Wagen auf dieser Seite warteten. Aber an Dortlichs Auto – einen silbernen BMW – erinnert er sich nicht. Doch was heißt das schon? Schließlich warten im Laufe einer Schicht ein paar hundert Wagen an der Schranke. Dortlichs Motiv: nicht erkennbar. Der Mann hängt sein Mäntelchen nach dem Wind, war heute mein Eindruck. Er hat zugegeben, einen Revolver zu besitzen. Ich hab' ihn mir angesehen. Falsches Kaliber. Ich weiß nicht, ob ich Dortlich wegen unerlaubten Waffenbesitzes anzeigen werde. Ich müßte es, aber das tut im Augenblick nichts zur Sache.

Fazit: nach zwei Verdächtigen zwei Personen, die eher nicht verdächtig sind.

Bleiben Seifert und Sie.

Seifert: war gar nicht da, rief von der Autobahn an, weil er sich in Nürnberg verspätet hatte. Ist als einziger daran interessiert, daß der Flughafen ausgebaut wird. Schließlich arbeitet er für die Horstum in deren Vorstand. Also: keine Verdachtsmomente.

Und nun zu Ihnen: Bei Ihnen kann ich mir immer noch kein klares Bild machen.«

Das saß! Er hatte sehr leise gesprochen, wohl weil er besonders wirken wollte oder weil er vermeiden wollte, daß die Nachbarn in ihren Gärten mithören konnten.

Der Vorteil der Szene lag bei mir. Ich stand auf und holte ein Bier aus der Küche. Sein Krug war noch dreiviertel voll. Ich holte meine Abendzigarre aus dem Humidor in meinem Arbeitszimmer, meinen Pullover aus dem Schlafzimmer und kam – für eine längere Sitzung gerüstet – auf die Terrasse zurück.

Dorian stand am Gartenzaun am Waldrand. Im Schatten der Bäume erkannte ich ihn nur mit Mühe.

Dann kam er langsam wieder zu mir auf die Terrasse.

»Man muß schon sehr gut sehen können, wenn man in diesem Licht auf jemanden schießt«, sagte er nur, ließ sich in den Liegestuhl fallen und nahm einen langen Schluck aus dem Steinkrug.

»Welche Rolle spielen Sie eigentlich, Dr. Jagosch? Ich sehe das noch nicht.«

»Wie meinen Sie das? Ich bin Direktor für Kommunikation bei meiner Bank. Zed war mein Freund, wie Sie selber bestätigt haben.

Soll ich ihn etwa getötet haben?«

Es war jetzt auf der Terrasse so dunkel geworden, daß ich Dorians Gesicht nicht mehr deutlich sehen konnte. Das machte mich noch vorsichtiger.

»Zunächst ist ja der einzige Tatzeuge immer verdächtig. Haben Sie eine Pistole?«

»Nein, nur viele Messer.«

»Ich weiß. Aber Sie hätten sich eine Pistole besorgen können.«

»Natürlich. Ich hätte Zed neben dem Schwimmbad postieren können, wäre dann über den Zaun gestiegen und hätte als ungeübter Mann so sorgfältig gezielt, daß ich Zed mit einem Schuß in den Rücken getötet hätte. Absurdes Theater, Dorian.«

»Trotzdem. Ich kann Sie noch nicht einordnen in meiner Analyse. Helfen Sie mir doch mal.«

Das klang lauernd.

»Na, vielleicht war ich immer noch wütend, daß ich damals Zeds Rat gefolgt war und den kürzeren und steileren Rückweg in die Zivilisation gewählt habe. Vielleicht war ich wütend, daß er durchkam. Vielleicht bin ich sauer auf ihn, weil ich, während er im Hospital lag, meine Frau kennenlernte. Vielleicht wollte ich ihn aus der Welt schaffen, weil er meiner Frau erzählen würde, wie wir's damals in Harvard getrieben haben. Und vielleicht bin ich auch gegen den Flughafen?«

Dorian ging auf meine bittere Ironie nicht ein.

»Wann haben Sie dieses Haus gekauft, Jagosch?«

»Vor drei Jahren.«

»Und wo wohnten Sie vorher?«

»In Büttelborn.«

»Sie sind also nach Buchschlag gezogen, obwohl Sie von den Plänen zum Ausbau des Flughafens gewußt haben!«

»Ja.«

»Wollten Sie nur näher an Ihrer Arbeitsstelle sein?«

»Ja, das auch. Aber vor allem gefällt uns Buchschlag und dieses Haus. Der Fluglärm ist nicht so wild. Wann haben wir schon mal Ostwetterlage, wo die Maschinen über uns wegziehen? Doch nur selten!«

»Das stimmt alles. Trotzdem: Ich kann Sie noch nicht einordnen. Na, wir haben den Fall auch noch nicht abgeschlossen.«

Er erhob sich abrupt.

»Wir bewahren weiter Stillschweigen der Presse gegenüber. Sie reden bitte auch nicht! Thelick wird auch – wie die anderen – schweigen. Guten Abend.«

Dann verschwand er – ums Haus herum. Ich blieb auf der Terrasse sitzen, sah auf die Glut meiner Zigarre und spürte einen bitteren Geschmack im Mund.

Kapitel

9

Ich mußte mir meine Strategie für den Abend überlegen und hatte die Dietrich gebeten, alle Telefonanrufe zu sammeln. Ich würde am frühen Nachmittag zurückrufen.

Drei Gespräche stellte sie trotzdem durch.

Das erste war Colonel Johnson.

»Wir fliegen Zed Abraems heute in die Staaten zurück. Wollen Sie mit? Wir bringen Sie auch wieder zurück!«

Ich dachte nur wenige Augenblicke nach.

»Nein, danke«, sagte ich dann, »ich kann nicht weg. Wo wird er denn begraben?«

»In Cleveland, Ohio. Seine Schwester wohnt dort. Wollen Sie ihn noch einmal sehen?«

Wieder sagte ich: »Nein, danke.«

Der Colonel nahm das ohne Überraschung auf: »Ich hab's fast erwartet. Ich melde mich mal wieder.«

Zed würde also heute seinen letzten Flug antreten. Immer wieder mußte ich daran denken an meinem Schreibtisch, als ich meine Argumente für den Abend aufschrieb.

Dann war Rüsch in der Leitung.

»Alles klar für heute abend, Jagosch? Sie wissen, ich brauche etwas Definitives für Montag für den Vorstand.«

»Ich bereite das gerade vor.«

»Übrigens, gut, wie Sie die Presse managen. Schon wieder ein Tag ohne eine Meldung.«

Ich nahm sein Lob unwidersprochen hin. Sollte er mich ruhig für gut halten!

»Wann höre ich von Ihnen, Jagosch?«

»Im Laufe des Donnerstags. Ich rufe Sie von zu Hause an. Gegen Mittag aber erst.«

»Sie haben sich wohl viel vorgenommen?« Kichern. Er wußte natürlich, was bei Argopolous ablaufen würde.

»Also, gute Verrichtung. Übrigens wollte mich dieser Dortlich wieder sprechen. Können Sie ihm bei passender Gelegenheit nicht mal sagen, daß er aufhören soll, mich anzurufen. Werbung ist Ihr Job und gehört in Ihre Abteilung. Wo komme ich hin, wenn ich mich auch noch darum kümmern muß?«

»Ich werde es ihm sagen, aber Dortlich ist ein Terrier, bleibt dran und gibt nicht auf.«

»Na, schön für Sie. Warum wollen Sie seiner Agentur dann kündigen? Solche Berater brauchen wir doch, die sich für uns einsetzen wie die Terrier. Also, nochmals, gute Verrichtung.«

Das dritte Telefonat kam von Thelick. Er konnte nichts dafür, daß er der dritte war, der mich störte.

Vielleicht war mein Ton zu hart, als er sagte: »Ich hab' da was gefunden, Jagosch.«

»Übermorgen«, sagte ich, »ich habe jetzt keine Zeit.«

»Aber es ist wichtig.«

»Natürlich. Bitte, haben Sie Geduld, ich hab' jetzt wirklich keine Zeit.«

Ich hängte ein. Beim nächsten Clubabend würde ich mich für die Unhöflichkeit entschuldigen.

Kurz vor dem Mittagessen hatte ich meine Gesprächsstrategie entwickelt. Sie war einfach, sie mußte einfach sein.

Würden beide Gäste freie Fahrt signalisieren, hätte ich's leicht.

Für den Fall, daß man in Wiesbaden und Bonn noch zögerte, würde ich an unsere Spenden erinnern für Vereine, die beiden Herren sehr nahe standen. Vorher würde ich natürlich erst einmal alle Vorteile aufzählen, die der Ausbau mit sich bringen würde.

Ich ordnete meine Argumente: erst zwei deutliche Vorteile, dann drei weniger deutliche und danach als Reserve noch zwei handfeste, wählerwirksame und stimmenbringende Pros.

Und dann war es an der Zeit, mit dem Mann zu reden, der mindestens genauso am Ausbau interessiert war wie wir.

Aber vorher ging ich essen, eine geeiste klare Fleischbrühe und einen Nizza-Salat. Kantinenfraß – ich schmeckte die Mühe, die unsere Küchenbrigade sich gegeben hatte.

Seifert war sofort am Telefon.

»Wir sollten uns mal eben abstimmen«, sagte ich.

Ich entwickelte ihm meinen Plan für die Gesprächsstrategie. Er hörte mir zu. Ich hatte ein paar Einwände erwartet oder Anregungen. Nichts dergleichen kam.

»Also dann bis heute abend!«

»Ich bin um neunzehn Uhr draußen.«

»Ich auch.«

»Wann fahren Sie übrigens zurück?«

»Nicht vor Donnerstag vormittag!«

»Ach so, Sie sind ja zur Zeit Junggeselle!«

»Und Sie?«

»Auch.«

»Ist Ihre Frau auf Urlaub?«

»Nein. Seit zwei Monaten lebt sie in Hamburg bei ihrer Mutter!«

»Was Ernstes?«

»Reden wir nicht darüber, Jagosch. Kurze Antwort: ja. Erzähl' ich später mal.«

»Gut. Also, ich fange dann beim Dessert an, Sie unterstützen mich, falls Fragen kommen!«

Er lachte unsicher und meckernd, und seine Stimme klang gepreßt. »Machen Sie den Teil man kurz, da kommt nicht viel. Die Herren sind viel zu gespannt auf die Damen.«

»Denk' ich auch. Trotzdem alte Pfadfinderregel: *be prepared*.«

Jetzt wurde aus dem Lachen ein Kichern.

»Ja, ja – vorbereitet sein ist alles. Haben Sie etwas Gutes ausgesucht?«

»Lassen Sie sich überraschen. Tschüs.«

Ich mußte ihm ja nicht sagen, daß ich das Menü und die Weine Argopolous überlassen hatte ebenso wie die Auswahl an Damen.

Der Entscheidungsmodus war sehr einfach. Beim Betreten des Etablissements erhielt man einen Taler, den man während des Aperitifs einer der Damen gab. Damit hatte man für die Zeit nach dem Hauptgang entschieden – für den Rest des Abends bis zum Morgen. Aber diesmal hatte ich Argopolous gebeten, mit dem

»Rest des Abends« bis nach dem Dessert zu warten, allenfalls sehr diskret anzudeuten, daß es sich lohne, Kaffee und Digestif schnell zu konsumieren, trotz der Wichtigkeit des Themas, das ich erst zum Kaffee besprechen wollte.

So kam's denn auch. Den Kaffee servierten die Damen, lächelnd, effizient, vielversprechend. Auf Alkohol verzichtete ich. Sie gingen, ließen Mokkakännchen zurück und einen Wagen mit erlesenen Alkoholika.

Rauschen durchsichtiger Seide auf nackter Haut und der Duft erregender Parfums blieb zurück. Unruhe machte sich breit bei den beiden auswärtigen Gästen. Auch Seifert wischte sich mehrmals die Hände an der Serviette.

Ich hatte eine Davidoff No. 2 gewählt. Ich hatte mich nicht verschätzt.

»Meine Herren«, begann ich.

W. und B. lehnten sich zurück, lange Routine aus vielen, vielen Sitzungen in Wiesbaden und Bonn.

»Wir haben uns hier unter Ausschluß der Öffentlichkeit in Ihnen hoffentlich angenehmem Rahmen getroffen, um unser gemeinsames Problem zu besprechen.«

Nicken, Mokkatassen klirrten. Ein Wegwerffeuerzeug klickte. W. liebte teuere Sache nur, wenn andere sie bezahlten. Er ließ einen dreißigjährigen Cognac über die Zunge rollen.

Wir saßen unter sehr gedämpftem Licht um einen runden Tisch in der Mitte des Salons »Eden«. Argopolous hatte einen italienischen Architekten hier wirken lassen, der eine kühle und doch sehr intime Atmosphäre in dem Raum aufgebaut hatte. Es lag wohl an den vorherrschenden Farben – einer Zusammenstellung von dunklem Blau und einem warmen Rotbraun, bei dem kleine Wandkerzen, Wachs auf goldenen Feigenblättern, Kontraste bildeten. Der Raum war ohne Fenster, obwohl Vorhänge vortäuschten, daß draußen tiefe Nacht sei. Auf dem Servierwagen neben Seifert standen die Flaschen.

»Wir müssen heute entscheiden, wie wir vorgehen wollen. Ich habe Ihnen dazu Vorschläge zu machen, wie ich die weiteren Schritte koordinieren will. Mit Dr. Seifert habe ich mich abgestimmt, den Segen meines Vorstandes habe ich. Das heißt, ich habe freie Hand bis zum Ziel. Das, denke ich, ist die beste Voraussetzung für eine vernünftige Lösung.«

»Richtig«, warf B. ein, »sehr richtig. Was schlagen Sie vor?«

B. war um einige Jahre älter als W., und obwohl beide der gleichen Partei angehörten, verband sie äußerlich nichts. W. in Anzügen von Peek & Cloppenburg und Hemden mit eingewebter schwarzer Lilie und Krawatten, von denen er das Qualitätssiegel nie abschnitt, sah aus wie ein Funktionär vom Lande, der seine Arbeiter in Wiesbaden zu vertreten hatte. Unsere Dossiers über ihn sagten dann auch, daß er Ziegeleiarbeiter gewesen war, und mit seinem hellen Kopf über Ortsvereine und Unterbezirke Karriere gemacht hatte. Ohne größeren Ehrgeiz stand er in Wiesbaden am Ziel seiner Wünsche und war im Laufe vieler Jahre rundlich und kahl geworden – und immer gewitzter im Managen von Filz und Organisation. Er schwitzte beim Essen leicht und rauchte filterlose Zigaretten einer Marke, die um 1950 ihre Blüte erlebt hatte. Er war verheiratet, zwei Kinder studierten in Hamburg und Berlin – Volkswirtschaft und Soziologie. Zum Haus in Ernbach, Südhessen, hatte er noch eine Ferienwohnung am Luganer See.

»Ich denke, ich erläutere Ihnen meinen Plan, wenn ich von Ihnen weiß, wie der Wind weht. Wir sind auf praktisch alles eingestellt, wenn wir natürlich auch gewisse Entscheidungen bei Ihnen antizipiert haben.«

Ich hatte in Richtung auf B. gesprochen. Ihm sah man seine relativ erfolgreiche Managerkarriere immer noch an. Er war ausgestiegen und in die Parteipolitik gewechselt, als der große Bauboom vorüber war. Er war über die Landesliste aufgestiegen, ein Typ wie er kam in den Ortsvereinen nicht recht an als Direktkandidat, wie unsere Dossiers sagten. Der Bonner Streß hatte ihn nicht gezeichnet: hager, sehr zurückhaltend modisch gekleidet, schmalschädelig und mit einer Brille, die genau dem Bogen seiner Augenbrauen folgte und entspiegelt war. Er rauchte nicht, und es gab Fotos von ihm, die ihn am Rheinufer als Jogger zeigten. Verwitwet, kinderlos, hatte er ein Haus in Mayo/Irland, seinen ersten Wohnsitz im flachen Niedersachsen und eine große Wohnung in Bad Godesberg. Dort pflegte er mit einem korsischen Koch feine Küche, und wir wußten, daß es einige entscheidende Sitzungen mit Unternehmern in dieser Wohnung gegeben hatte, lange ehe Schiller die »Konzertierte Aktion« erfand. Seine Rolle in der Zentrale war nach außen hin wenig profiliert, im Parlament fiel er kaum auf, aber in den zwei Ausschüssen, denen er angehörte, konnte er an manchen Fäden ziehen. Und tat es auch.

»Was haben Sie antizipiert, Doktor?«

Ich war mir nie sicher bei ihm, ob leiser Spott mitschwang in seinen Worten. Aber er liebte präzise Formulierungen, und auf ihn war ebenso Verlaß wie auf W.

»Wir nehmen an, Ihre Entscheidungen sind gefallen. Und zwar pro.«

Ich trank einen Schluck Kaffee und winkte ab, als Seifert mir einen »Irish Mist« anbot.

B. meldete sich zu Wort.

»Darf ich als erster antworten?« fragte er W., der dazu nur nickte.

»Wir haben noch vor den Parlamentsferien unser Thema diskutiert in der Fraktion und sogar probehalber abgestimmt. Wir hatten acht Enthaltungen, zwei Gegenstimmen, ansonsten wurde der Antrag angenommen. Von uns aus können Sie beginnen, Dr. Seifert.«

»Die Gegenstimmen kamen aus Südhessen und dem Rheinland, stimmt's?« Es war für meine Pläne wichtig, das zu wissen.

»Ja, Sie vermuten richtig.«

»Danke. Noch eine Frage: Wie denkt Ihr Koalitionspartner darüber? Wie ist dort die Lage?«

»Sie sind gründlich, Dr. Jagosch. Aber auch dort können Sie von grünem Licht ausgehen.«

»Gibt es dort Kräfte, die dagegen votierten?«

»Unbedeutende. Die hessischen Abgeordneten zögerten, die Diskussion war etwas langwieriger als bei uns. Aber die besseren Argumente haben dann doch überzeugt. Die Verbindungen Ihres Hauses nach ganz oben haben sich wohl fruchtbar ausgewirkt.«

»Wie meinen Sie das?« warf Seifert eine Frage ein.

»Eine Darlehensfrage oder besser ein Bürgschaftsproblem wurde zufriedenstellend gelöst. Mehr möchte ich mal nicht sagen!«

Seifert nickte und sah auf die Uhr.

»Darf ich noch nachschenken?«

W. schob ihm seine Tasse hin, während er antwortete.

»Also, bei uns, das muß hier deutlich gesagt werden, ist es anders, meine Herren. Besonders bezüglich der Einheitlichkeit der Willensbildung als Ganzes. Das ist differenzierter zu sehen, in Teilen wie im Ganzen.«

B. nickte. Seine Augenbrauen waren über den Brillenrand gestiegen, aber sonst verriet sein Gesicht nichts als freundliche Bereitschaft, seinem Parteifreund zuzuhören.

»Die Entscheidungsfindung war eine schwierige, ist es immer noch, zumal an der Basis, an der betroffenen regionalen Basis. Die Presse hat darüber berichtet, wohin Meinungen schwanken im Vorfeld, im parlamentarischen Vorfeld. Wenn man mal absieht, ·und damit meine ich, man darf nicht vergessen, um was es hier für den lokalen Unterbau geht, wenn man also von solchen Differenzierungen absieht, haben wir uns eine Meinung gebildet: Wir brauchen Arbeitsplätze. Und dies ist ein Arbeitsplatzproblem, das wir gelöst haben. Wir haben es uns nicht leicht machen können, es gibt Minderheiten dagegen, leider vor allem südhessische.«

Er räusperte sich, trank einen Schluck Cognac, fuhr sich mit der Zunge über die Lippen und lehnte sich zurück.

»Also, die Kollegen in Wiesbaden sind mehrheitlich dafür?«

»Jawohl, mehrheitlich, mit sicherer Mehrheit – wie Sie in Bonn.«

»Und die befreundete Fraktion?«

Beide Fragen kamen von B.

»Gleichfalls ein ähnliches Meinungsentwicklungsbild wie bei Ihnen. Sie reden viel. Und dann sagen sie ja zu allem!«

»Also auch grünes Licht!«

Seifert hätte eigentlich befreit strahlen müssen. Aber er hatte sich so weit zurückgelehnt, daß sein Gesicht im Schatten lag.

»Darf ich mal wissen, wie eigentlich die Opposition denkt?«

Beide Gäste waren überrascht von meiner Frage.

Diesmal war W. mit einer Antwort der erste.

»Stattgefunden haben Sitzungen in verschiedenen Ausschüssen, soweit es die Beobachtung zuläßt, vornehmlich außerörtlich, zuletzt bei Fulda. Die Opposition wird zustimmen.«

»Dito keine Einwände, lokale Abweichler sind unbedeutend«, fügte B. hinzu.

Das deckte sich mit unseren Berichten, die auf neutralem Papier mit einem IBM-Schreibkopf geschrieben aus Fulda gekommen waren.

Ich schwieg darüber. Rüsch hatte sie mir nur zu lesen gegeben, einen Namen genannt und die Papiere im Schreibtisch eingeschlossen.

»Zufrieden, die Herren?«

B.s Stimme klang ein bißchen spitz.

Die Sitzung war bisher besser als erwartet gelaufen. Ich hätte, quer durch die Parteien, eigentlich stärkere Widerstände erwartet. Schließlich waren die Bürgerinitiativen agiler geworden, und die Flugblätter, die sie publizierten, beutelten die herrschenden Parteien kräftig. Eine Partei, die aus dem Konsensus in Wiesbaden oder Bonn über den Ausbau des Flughafens ausgeschert wäre, hätte überall im Lande Sympathien gewinnen können. Und Stimmen!

»Wollen Sie nun wissen, was wir vorhaben?«

W. nickte und sah verstohlen auf seine schwarze Armbanduhr. B. stand auf und goß sich Kaffee ein.

»Sie fangen am besten an, Seifert. Wir werden uns kurz fassen.«

Seifert tauchte aus dem Halbdunkel wieder in das Lampenlicht. Er fixierte das Orchideen-Gebinde, das in der Mitte des Tisches stand.

»Wir beginnen jetzt mit einer Zeitschrift, die unregelmäßig erscheinen wird, aber ganz schnell auf monatliches Erscheinen umgestellt werden könnte, oder auf vierzehntägiges. Eventuell sogar auf wöchentliches. Wir berichten über das Geschehen um den Flughafen. Wir sind gute Nachbarn, das ist der Grundtenor. Ganz langsam lassen wir dann unser Anliegen einfließen. Die Zeitschrift geht an alle Haushaltungen im Umkreis. Details kann ich Ihnen nennen, wenn Sie wollen.«

Die Herren schüttelten ablehnend ihre Köpfe.

»Entsprechend verfahren wir mit unseren Presseverlautbarungen. Dann haben wir ein paar Veranstaltungen vor mit Gemeinderäten, mit Journalisten, mit Schulklassen. Wir werden nach den Sommerferien ein Besuchsprogramm anlaufen lassen. Und wir haben ein paar Journalisten und Drehbuchautoren verpflichtet.«

W. nickte zustimmend.

»Sehr gut.«

»Ja – erwarten Sie also in nächster Zeit hier etwas mehr Publizität. Bei Baubeginn müßte eigentlich die richtige Stimmung da sein. Das ist jetzt alles sehr verkürzt dargestellt. Natürlich haben wir auch ein paar Berühmtheiten, die den Flughafen besuchen werden. Das ganze Konzept stammt von Herrn Dr. Jagosch. Wir haben seinen Rat eingeholt, weil er der Experte für diese Art von Kommunikation ist. Meine Vorstandskollegen und ich sind überzeugt, unser Programm wird greifen. Wir werden um den Flughafen sehr viel *good will* aufbauen. Das wär's in groben Zügen.«

Er hatte geendet, trank und lehnte sich wieder zurück.

»Angesichts der fortgeschrittenen Zeit, meine Herren«, sagte ich, »möchte ich mich kurz fassen. Das Prinzip ist wichtig. Nachdem es keine politischen Einwände gegen den Ausbau geben wird, gilt die folgende Arbeitsteilung zwischen Seifert und mir.

Seifert wird die nationale, die regionale und die lokale Arbeit machen, das heißt natürlich, seine Presse- und PR-Abteilung entsprechend impfen und kontrollieren.

Meine Aufgabe ist die internationale Seite und das nationale Geschäft. Das nationale nur dort, wo die Horstum nicht als Absender in Erscheinung treten will. Für diese Fälle werden wir dritte Informationsquellen einsetzen.

Die ausländischen Aktivitäten laufen scheinbar völlig unabhängig von alldem, was hier passieren wird.

Alles geht auf das gleiche Ziel: die öffentliche Meinung für den Ausbau der Startbahn West zu beeinflussen, ohne daß irgend jemand ein Programm dahinter vermuten kann. Die Kontrolle und Koordination liegt ausschließlich bei mir. Ich stimme mich nur mündlich mit Seifert ab. Es wird nichts Schriftliches geben.«

»Was genau haben Sie, lieber Doktor, zum Beispiel für den Anfang vor?«

Die Frage kam von B., natürlich.

W. wagte einen Einwand.

»Müssen wir das jetzt noch besprechen? Die Herren sind doch Fachexperten.«

B. strich sich über die Stirn.

»Nur ein paar Hinweise, dann können wir das Thema wechseln.«

»Übermorgen wird in Seattle/Oregon der Fachpresse ein neues

Triebwerk für Großraumflugzeuge vorgestellt. In der Verlautbarung wird es heißen, daß das Flugzeug, das mit diesen Triebwerken ausgerüstet werden soll, eine längere Startbahn braucht. Nicht alle Flughäfen können angeflogen werden. Leider auch Frankfurt nicht. Dabei sparen die neuen Triebwerke sehr viel Sprit und gehören zur dritten Generation, die wirklich flüstern, also kaum Lärmbelästigung hervorrufen.

In London erscheint nächste Woche der Jahresbericht der internationalen Flugnavigatorenvereinigung. Auch dort wird es heißen, Frankfurt sei als Flughafen nicht zukunftsweisend, ja gehöre sogar in Kategorie II. Nur mit altem Gerät anzufliegen.

Dann planen wir im September in Nairobi anläßlich der . . .«

»Schon gut«, unterbrach B. mit Seitenblick auf W., »ich merke schon, das ist alles in besten Händen. Hand heißt ja wohl manus. Also wünschen wir Ihnen eine gute Hand.«

Ich war nicht sicher, ob W. diese Anspielung verstand. Ich nickte B. zu. Der hatte, ohne daß es auffällig war, deutlich zu verstehen gegeben, was er dachte: Meinungsmanipulation durch uns, Seifert und mich.

»Vielleicht sollten Sie noch sagen, Jagosch, was Sie zu tun gedenken, falls die Meinung aufkommt, die amerikanischen Streitkräfte seien am Ausbau der Startbahn West interessiert?«

Es überraschte mich, daß Seifert diesen Punkt ins Gespräch brachte, obwohl unsere Gäste deutliche Signale gaben, um endlich zu dem Teil des Abends mit den Damen zu kommen.

W. war aufgestanden und musterte die Flaschen auf dem Servierwagen. B. steckte seine Brille ein. Sein Gesicht sah plötzlich leer aus, nichtssagend. Er faltete die Serviette zusammen und legte sie neben seine Mokkatasse. »Für diesen sehr unwahrscheinlichen Fall ist unser Gastgeber sicher vorbereitet«, sagte er.

B. baute mir eine Brücke.

Seifert zuckte mit den Schultern und erhob sich ebenfalls.

Ich drückte auf den Klingelknopf unter meinem Platz.

»Für morgen früh ist ja alles geregelt. Falls wir uns demnächst wieder treffen müssen, melde ich mich, meine Herren. Ich schlage den gleichen Treffpunkt vor und wünsche einen angenehmen Abend. Vielleicht sehen wir uns ja anschließend oder zwischendurch noch.«

W. kicherte.

Ein Vorhang schob sich zur Seite, das Licht wurde eine Spur dunkler.

Argopolous hatte alles vortrefflich arrangiert.

Die Damen traten ein, lächelnd. In einer Situation wie dieser gibt es keine Etikette, nur Routine.

Jede trug zwei Gläser Champagner in der Hand.

Argopolous selbst räumte den Tisch ab und fuhr lautlos den Wagen mit den Digestifs raus, placierte dann eine Flasche Champagner im Kühler auf dem Tisch und verließ unbewegten Gesichts den Raum.

Ich hob mein Glas.

»Meine Damen, meine Herren, ich wünsche uns allen einen angenehmen Abend.«

B. verneigte sich leicht vor seiner Dame. W. wischte sich über die Stirn und stieß so heftig mit dem Glas an, daß Champagner auf den Teppich perlte.

Seifert stand gespannt da, so als ginge ihn das alles gar nichts an.

Wir tranken.

»War's bisher angenehm?« fragte Dona mich.

»Und ob«, rief ihr B. über den Tisch zu.

»Es kann noch netter werden«, sagte sie leise, lächelte und trank. Ihr Glas war nur halb voll.

»Dann wollen wir mal.«

W. verließ als erster den Raum, nachdem er sein leeres Glas auf den Tisch gestellt hatte. Er legte seiner Dame seine breite Hand auf die seidenumwogte Hüfte.

B. lächelte, während er in Begleitung verschwand.

»Wie das wohl weitergeht?« hörte ich Seifert fragen, als er den Raum verließ.

»Ganz wie du möchtest«, war die Antwort beim Rausgehen.

»Und du?« fragte Dona, der ich den Taler gegeben hatte, »wollen wir in die Sauna oder ins Schwimmbecken oder hier schon mal?«

Sie öffnete den grauseidenen Kimono.

»Easy«, sagte ich, »wir haben viel Zeit.«

Um acht Uhr früh am Donnerstag war ich zu Hause und schlief wie ein Stein bis zum Nachmittag.

Dann rief ich Rüsch an.

»Na, ausgepumpt, Jagosch?«

Ich überhörte das.

»Was war?« fragte er weiter.

»Gehen Sie davon aus, daß es für den Bau der Startbahn West weder in Bonn noch in Wiesbaden Hindernisse geben wird. Die Entscheidungen sind gefallen, es wird gebaut werden. Alles, war jetzt noch passieren kann, sind kleine Verzögerungen juristischer Art.«

Pause am anderen Ende.

»Sie meinen also, wir haben grünes Licht?«

»Ja.«

»Großartig. Das gibt uns jetzt die Möglichkeit . . .«

Ich ließ ihn reden.

Die Frage: »Wann sind Sie wieder im Büro?« mußte er zweimal stellen.

»Entschuldigung«, sagte ich. »Morgen. Würden Sie bitte der Dietrich sagen, Herr Rüsch, das Telex nach Seattle kann raus!«

»Mach' ich. Also, sehen Sie zu, daß Sie wieder zu Kräften kommen. Wir sehen Sie dann morgen wieder. Ich werde VV sofort unterrichten. Ohne indiskrete Details natürlich. Wie war's denn?«

»Och«, sagte ich nur.

»Na ja, ich sehe Sie morgen.«

Er sollte recht behalten. Er sah mich am anderen Morgen, aber an einem Ort, den keiner von uns in diesem Moment vorausahnen konnte.

Dann rief ich Seifert an. Er war im Büro und klang müde.

»Zufrieden?« fragte ich.

Er bezog die Frage auf den ersten Teil des Abends, so wie ich es gemeint hatte.

»Ja.«

»Gut«, sagte ich, »nun habe ich dafür gesorgt, daß Sie bauen können und die öffentliche Meinung sich nicht dagegenstellt.«

»Und ich werde dafür sorgen, daß Ihre Unternehmen den Auftrag kriegen, wenn es los geht.«

Daran hatte ich nie gezweifelt. Seit wir mit Seifert zusammenarbeiteten, war das eine klare Absprache.

»Wir haben schon den richtigen Job«, sagte er leise.

»Na ja, so ist das eben.«

»Leider. Was machen Sie heute abend?«

»Ausschlafen, Seifert. Vorher mache ich einen Waldlauf und schneide den Rasen. Ich muß mal frische Luft schnappen. Das tut gut nach solcher Nacht.«

»Weiß Gott«, sagte er. »Wir sehen uns dann wohl nächste Woche im Club.«

»Ja. Und schweigen uns aus.«

»Natürlich, Jagosch, was bleibt uns anderes übrig.«

Er hängte ein.

Am Nachmittag schnitt ich im Garten den Rasen, auch an der Stelle, wo Zed gestorben war. Die dichten kurzen Rasenhalme waren hier rostdunkel. Als ich das geschnittene Gras zusammengeharkt und in den Container gebracht hatte, war es Abend geworden. Gelb lag die Rasenfläche vor mir. Ich legte den Schlauch aus und ließ die ausgedorrte Erde berieseln. Dann räumte ich in der Küche auf, machte mein Bett, sah die Post durch, die wie üblich fast nur aus Briefen bestand, in der man mir, dem sehr geehrten Herrn Dr. Jagosch, anbot, Bücher, Hemden, Weine, Fingerhüte und Pollenkörner zu kaufen. Ich warf das ganze Paket Abfallpost in den Mülleimer hinter der Garage.

Eigentlich war ich müde, immer noch müde. Weil ich heute morgen geschlafen hatte und es tagsüber zu heiß war, wollte ich meinen Waldlauf heute abend nachholen. Während ich meinen Laufanzug anzog, stellte ich den Fernseher an – und blieb bei einem Krimi hängen. Es war draußen schon ganz dunkel, als ich den Apparat ausschaltete. Jetzt noch laufen?

Doch, dachte ich, danach duschen, ein Bier und dann ins Bett.

Meine Laufstrecke kannte ich ja. Ich hatte sie sogar mal in Einzelheiten an einem Clubabend beschrieben. Es war nämlich eine eigenartige Erfahrung, wie ein Weg sich ändert, wenn man ihn entlangläuft statt ihn entlangzugehen. Man spürt beim Laufen viel mehr, ob der Weg steigt oder fällt. Und man spürt, wo der Wald luftig atmet oder dumpf brütet.

Ich schloß das Haus ab, steckte den Hausschlüssel ein und verließ den Garten durch die kleine Pforte, die in den Wald führt. Irgendwo hinter dieser Pforte mußte der Täter gestanden haben. Es war jetzt so dunkel, daß man den Pfad nur ahnen konnte, der zum Waldweg führte.

Ich ging die ersten hundert Meter – sehr schnell, um warm zu werden.

Auf dem Waldweg schimmerte es heller, obwohl wir Neumond hatten. Sterne waren nicht zu sehen. Eine Dunstwolke lag wieder einmal über dem Rhein-Main Gebiet. In der Stadt war es jetzt schweißtreibend schwül, hier draußen sorgte der Wald für angenehme Frische.

Ich hatte den Wetterbericht versäumt, aber mir fiel auf, daß über Buchschlag keine Flugzeuge flogen. Also lag wohl ein Wetterwechsel in der Luft, wenn die Maschinen über Kelsterbach und Walldorf ausflogen.

Um diese Zeit war ich der einzige Mensch im Wald. Nur weit hinter mir entdeckte ich den Schimmer einer Fahrradlampe, der aber bald verlosch.

Ich begann zu laufen, mich rechts am Wege haltend.

Allein an der Wärme der Luft konnte ich feststellen, wo ich war. An der Reglerstation der Erdgasleitung wurde es plötzlich kühler, Buchenwald also. Ich überlegte, ob ich nur die kurze Strecke ablaufen sollte, also links durch die Tannenschonung, dann in den Hochwald und hinter den Häusern entlang zurück.

Ich entschied mich für den langen Weg, durch den Buchenwald, immer geradeaus, über die Schienen und weiter in Richtung Holzmann-Weiher.

Bei diesem Laufen kam es darauf an, ein gleichmäßiges Tempo durchzuhalten. Zwar hatte Dortlich an einem Clubabend einmal gemeint, es sei besser für die Trainingswirkung, wenn man nach der Hälfte der Strecke schneller würde und auf dem letzten Achtel sehr viel langsamer, falls einem die Puste ausging. Aber ich hatte für mich selbst herausgefunden, daß ich mich besser fühlte, wenn ich lange Strecken in gleichbleibendem Tempo lief. Gott sei Dank konnte ich die Schienen überqueren, ohne vor einem Zug stoppen zu müssen. Auf der anderen Seite hörte ich, ohne mich umzudrehen, ein Geräusch. Wahrscheinlich klickte eine Weiche oder ein Signal.

Ich lief. Bis zur Waldwiese war es hier zwischen den achtjährigen Fichten sehr schwül, wurde aber, als ich dann durch die Wiese lief, fast kalt. Ich roch den Hengstbach. Hier, hundert Meter weiter links, war die Stelle, an der Wörthmann die Pistole im Bachbett gefunden hatte.

Der Weg stieg von der Wiese zum Waldrand leicht an. Ich mußte langsamer werden, merkte, wie meine Beine ermüdeten, fiel aber trotzdem nicht in Schrittempo. Muskelkater ließ sich mit einer heißen Dusche ganz gut vertreiben.

Als ich wieder im Wald war und den weichen Boden des Weges unter mir spürte, der zum Holzmann-Weiher führte, hörte ich hinter mir das Knacken von Ästen. Wahrscheinlich ein Reh, dachte ich, denn natürlich gab es hier in der Nähe der langgestreckten Wiese Rehrudel. Sie waren so oft von dieser Wiese aus über die Asphaltstraße in Richtung auf die Langener Kiesgrube gezogen, daß es nachts im Laufe der letzten drei Jahre viele Autounfälle gegeben hatte. Vor zwei Jahren hatte Wörthmanns Vorgänger erreicht, daß ein Drahtzaun entlang der Bundesstraße errichtet wurde, der die Rehe zurückhielt. Seitdem gab es kaum noch Unfälle. Die Rehe blieben augenscheinlich diesseits der Straße.

Vor mir mußte nun bald die große Schranke sein, mit der der Weg zum Weiher gesperrt war.

Ich merkte, wie mir das Laufen gut tat, drehte aber doch um. Ich würde, zu Hause angekommen, rund vier Kilometer gelaufen sein, eine stolze Strecke nach einer so bewegten Nacht wie der letzten.

Es war erstaunlich, wie Argopolous sein Domizil gegliedert hatte. Obwohl doch vier Gäste gleichzeitig den Westtrakt mit ihren Damen belebten, trafen sie sich weder in der Sauna noch im Schwimmbad. Oder hatten nur die Damen ein feines Gespür dafür, wann man im Bassin oder in der Kabine allein sein konnte und lenkten die Wünsche ihrer Gastgeber entsprechend?

Zurück schlug ich einen anderen Weg ein. Er endete zwar an derselben Stelle an den Bahngleisen, die ich vorhin überquert hatte, führte aber durch übermannshohe, dicht stehende Tannen, wo es wärmer war als hier auf der Wiese.

Das dumpfe Rummeln auf dem Flughafen der Amerikaner hatte mich die ganze Zeit begleitet.

Ich merkte jetzt, beim Einlauf in die Schonung, wie ich anfing zu schwitzen. Die Hose begann zu kleben, die Jacke pappte an den Ärmeln, der Kopf kribbelte, und salzig lief es mir in die Augenwinkel.

Ich lief mit offenem Mund und flacher Zunge. Das führte zwar dazu, daß ich ab und zu einmal ein Nachtinsekt im Mund hatte, aber das Atmen ging leichter. Im Winter benutzte ich eine andere Atemtechnik, denn eiskalte Morgenluft biß ab November oft schmerzhaft in die Bronchien.

Diesmal zwang mich ein Zug zum Warten. Da ich wußte, daß sich hier oft zwei Züge begegneten, wartete ich, bis auch der Gegenzug in Richtung Frankfurt durch war, lief auf der Stelle und stolperte dann über die Schienen.

Jetzt waren es nur noch knapp tausend Meter bis nach Buchschlag. Der Bahndamm war hier sehr flach, und ich hatte gleich wieder Waldboden unter den Füßen, festen sandigen Boden, auf dem es sich angenehm lief.

Es sirrte einmal hinter mir, wohl wieder ein Signal, das die Geleise für den nächsten Zug freigab oder sperrte.

Auf diesen letzten tausend Metern begann es, in meinen Ohren laut zu klopfen. Ich konnte jetzt das Tempo drosseln und wäre dann im Schritt zu Hause angekommen. Aber ich wußte, daß das Dröhnen in den Ohren andeutete, daß ich wirklich erschöpft war – und das wollte ich auch sein. Dusche, ein Bier und ins Bett. Nach sieben Stunden traumlosen Schlafs würde ich dann unbeschwert den neuen Tag beginnen können. Das Problem, ob der Flughafenausbau gestoppt oder vorangetrieben werden sollte, war gelöst. Gott sei Dank in unserem Sinne. Blieb zu klären, wer Zed erschossen hatte und warum. Und dann, was mit Charles H. in Amerika geschehen würde: Der Präsident der Great Northern Railways, Wendys Vater, war sehr krank.

Auf der letzten Wegstrecke, das hatte ich mir bei vielen Läufen angewöhnt, ließ ich mir gern durch den Kopf gehen, was ich am nächsten Arbeitstag zu tun hatte. Das führte dazu, daß ich gleich morgens am Schreibtisch wußte, was ich anpacken mußte. Zum

Glück war die Dietrich eine Morgenlerche, keine Nachtigall, und hatte sich daran gewöhnt, sofort loszulegen, wenn ich im Büro war.

Hinter dem Reglerhäuschen bei den Buchen bog ich rechts ab, in die Schonung.

Und hier geschah es, gleich hinter einem scharfen Knick des schmalen Pfades.

Ich hörte ein Klirren hinter mir, wollte mich umdrehen, und da traf mich ein dumpfer, beißender Schlag auf den Schädel. Ich stürzte, rollte mich ab über die rechte Schulter, sah eine dunkle Gestalt über mir, hob schützend die Hände, und dann rasten die Schmerzen über mich, rissen meinen Schädel auf, preßten die Luft aus mir, jagten rot in meine Augen – aus. Aus.

Kapitel

11

»Wenn Sie Besuch empfangen können, können Sie auch nach Hause gehen. Noch bleiben Sie. Ist das klar?«

Das hörte ich sieben Tage lang, morgens und abends auch noch. Und dann hieß es auf einmal: »Jetzt ist Besuch für Sie da, und der kann Sie gleich mitnehmen.«

Es war die Dietrich, die in das Zimmer kam. Sie blieb an der Tür stehen: »Ich hatte Sie mir schlimmer zugerichtet vorgestellt.«

Sie brachte mich nach Hause – in meinem Wagen.

»Vorsichtig«, sagte sie, als ich die Terrassentür öffnen wollte.

Der Rasen war gewachsen und wieder grün. Eine Woche hatte ich im Krankenhaus gelegen. Über die Platzwunde am Kopf war ein Pflaster geklebt, über meinem Brustkorb zog sich ein Verband. Meine Nieren funktionierten wieder, die leichte Gehirnerschütterung war abgeklungen, die Schulter schmerzte nicht mehr, und den Riß unter dem linken Auge verdeckte ein schmaler Streifen Hansaplast. Sie hatten mich ganz gut wieder hingekriegt im Krankenhaus.

»Also«, sagte sie, »nun setzen Sie sich erst einmal hin, und dann sage ich Ihnen, was so alles los war. In dreißig Minuten kommt dieser Dorian hierher, dann fahre ich ab.«

»Gut«, sagte ich, »wollen Sie sich nicht einen Kaffee brühen?«

»Nein danke, und Sie sollten es man auch sutje anlaufen lassen. So ein Überfall ist ja keine leichte Sache – oder?«

»Der Arzt war gut«, sagte ich, »er hielt mich sieben Tage isoliert, und jetzt geht's mir bestens. Er hätte auch schon früher Leute zu mir kommen lassen können, dann würde ich immer noch liegen. Also, was war los?«

Sie musterte mich mit schrägem Blick. So viel Einsicht in die Notwendigkeit hatte sie mir wohl nicht zugetraut.

»Was im Büro los war, können wir morgen bereden. Außer ein paar Anrufen gab's nichts von Bedeutung. Die Telexe habe ich nach Rüschs Anweisungen rausgeschickt. Den Rest erzähle ich morgen.«

»Gut.«

»Ihre Frau habe ich angerufen. Wir haben lange gesprochen. Sie meldet sich heute gegen neunzehn Uhr hier. Sie wollte kommen, als ich ihr sagte, was geschehen ist. Aber sie konnte nicht. Ihrem Schwiegervater geht es sehr viel schlechter. Leider.«

Leider – hatte sie gesagt. Eine Woche lang hatte ich überhaupt nicht an ihn gedacht. Der Präsident der Company war sehr krank: Wendys Vater. Ich kannte ihn nur als »Präsident«. Er hatte viel dagegen gehabt, daß Wendy und ich heirateten. Herzlich war das Verhältnis zu ihm von mir aus nie geworden.

Doch plötzlich fühlte ich mich betroffen, als die Dietrich von ihm berichtete. Ja, es wurde Zeit, daß ich nach drüben flog.

»Ob ich wohl rauchen darf? Außerdem habe ich Durst!«

»Von mir aus! Wo haben Sie denn Ihre Zigarren?«

Ich beschrieb es ihr. Sie kam mit einer kurzen, leichten Zigarre zurück und einem Glas Eiswasser, auf dem eine Zitronenscheibe schwamm.

»Ich habe eingekauft für Sie. Die Blumen da sind übrigens von Rüsch.«

»Ach ja«, sagte ich, »auf einmal bemüht man sich. Was sagte meine Frau noch?«

»Die Kinder sind auf einem Reiterhof, Ihre Frau fühlt sich nicht wohl. Es ist furchtbar heiß in Boston, wo ihr Vater im Krankenhaus liegt. Wann Sie denn wohl kommen könnten, wollte sie wissen. Ich sprach mit Rüsch und dem Arzt. Beide meinten, nächste

Woche. Rüsch macht Ihre Sachen ganz gut, aber Sie hatten sich ja wohl abgestimmt, oder?«

»Ja, ja«, sagte ich. Über meine Abstimmung mit Rüsch gab es natürlich nichts Schriftliches. Ich war nur die Telexe, die Namen und Telefonnummern mit ihm durchgegangen, lange vorher, und er hatte jetzt nichts weiter zu tun, als nach dem positiven Bescheid aus Bonn und Wiesbaden anzurufen und grünes Licht zu geben für die Aktivitäten und Meldungen, die ich in den letzten Monaten abgestimmt hatte.

»Könnten Sie für nächsten Freitag oder Samstag für mich einen Flug nach Boston buchen? Mein Visum gilt doch noch?«

Sie nickte nur.

»Ich erledige das. Und Sie werden fliegen?«

»Natürlich«, sagte ich.

»Da war doch dieser Mord an Ihrem Freund? Die Presse hat weiter geschwiegen. Was passiert denn jetzt?«

»Ich weiß es nicht, gleich kommt Dorian, dann werde ich es wohl erfahren.«

»Gut«, sagte sie nur.

»Und wer hat Sie eigentlich überfallen und warum das alles?«

Das klang sehr besorgt.

»Ich weiß es nicht. Es geschah nachts im Wald. Ich weiß gar nicht, wie ich ins Krankenhaus kam.«

»Dorian wird Ihnen das alles erzählen. Er rief ein paarmal an, auch Thelick meldete sich. Ich habe dann an Rüsch weiterverbinden wollen. Aber nur Dorian ließ sich durchstellen und sprach lange mit Rüsch. Um was es ging, weiß ich nicht.«

»Ich werd's ja gleich erfahren«, sagte ich.

»Gut, ich gehe jetzt. Lassen Sie sich morgen früh Zeit. Ich habe für Sie keine Termine gemacht. Rüsch und VV haben Sie zum Essen eingeladen, um halb eins oben in die Kantine.«

Sie ging. Die dicke Dietrich, die so gern Schottenröcke und englische Pullover trug, die ihr gar nicht standen, und die so ungeheuer effizient war und an alles dachte. Ob sie wohl mit einem Mann liiert war, dachte ich. Wie wenig ich über sie wußte!

Dicke gelbe Wolken segelten über den Himmel von Westen her. Amseln piepsten in Reimers Garten nebenan. Der Lärm vom Flughafen war erträglich heute. Aus dem Wald hörte ich das ferne

Rauschen eines vorbeifahrenden Zuges.

Mein Kopf schwamm ein bißchen, ich hätte noch nicht rauchen sollen.

Ich war wohl weggedämmert, denn plötzlich stand Dorian neben mir, verdeckte die Sonne und musterte mich, ohne daß ich sein Gesicht klar erkennen konnte.

»Alles in Ordnung?« fragte er. Dann setzte er sich in den Stuhl, in dem eben noch die Dietrich gesessen hatte. Er schlug die Beine übereinander und wartete auf eine Antwort.

Als ich lange genug schwieg, kam er mit seiner zweiten Frage.

»Wer hat Sie zusammengeschlagen?«

Ich zuckte die Schultern.

»Wer hat mich gefunden?«

»Wörthmann.«

»Wörthmann?«

»Ja, seltsam, nicht wahr? Erst findet er die Pistole, mit der Ihr Freund erschossen wurde, dann findet er Sie, nachts, zusammengeschlagen auf einem schmalen Waldweg.«

»Und was geschah?«

»Er sorgte dafür, daß Sie ins Krankenhaus kamen und rief dann mich an. Und ich würde jetzt gern von Ihnen wissen, an was Sie sich erinnern können.«

»Ich wurde zusammengeschlagen. Jemand ist mir wohl gefolgt.«

»Liefen Sie den Weg regelmäßig?«

»Nein.«

»Laufen Sie immer nachts?«

»Nein.«

»Hatten Sie jemandem gesagt, daß Sie nachts laufen würden?«

»Nein.«

»Haben Sie jemanden erkannt?«

»Nein.«

»Haben Sie jemanden in Verdacht?«

»Nein.«

»Warum könnte man Sie zusammengeschlagen haben?«

»Das weiß ich auch nicht!«

»Sie sind heute nicht sehr gesprächig, Jagosch. Ich habe Sie sieben Tage lang mit meinen Fragen verschont, etwas mehr Kooperation erwarte ich aber jetzt schon von Ihnen. Oder haben Sie noch Schmerzen?«

»Kaum«, sagte ich. »Sind Sie im Falle Zed weitergekommen?«

»Hm«, machte er nur – und dann: »Eigentlich sollten Sie auf meine Fragen antworten.«

»Was ich weiß, habe ich Ihnen gesagt.«

»Das war nicht viel!«

»Es ist alles, was ich weiß.«

Er stand auf.

»Na, gut«, sagte er, »dann melde ich mich morgen wieder. Sind Sie im Büro?«

Ich erhob mich und begleitete ihn zur Gartentür.

»Ja, morgen bin ich im Büro!«

»Werden Sie am Samstag auch im Club sein?«

»Ja – natürlich. Sind Sie auch da?«

»Ja, Wörthmann hat mich eingeladen. Aber nicht als Ehrengast, sondern als Begleiter, Sie wissen, Paragraph vier, Gäste als Begleiter.«

»Dann sehen wir uns ja wieder.«

Als er die Wagentür öffnete, drehte er sich noch einmal um.

»Sagen Sie mal, Jagosch, dieser weiße Islandpullover, den Zedaniak Abraems trug, als er erschossen wurde, gehörte der Ihnen?«

»Ja«, sagte ich, »Zed kam nur im Oberhemd. Ihm war kalt. Da hab' ich ihm meinen weißen Pullover geliehen. Ich selber zog dann später meinen blauen an.«

»So, so«, murmelte Dorian, »vielen Dank. Also dann bis morgen.«

Am Abend rief Wendy mich an – mit schlechten Nachrichten. Ihrem Vater ging es gar nicht gut. »Kannst du sofort kommen?« fragte sie. Als ich nein sagte, hatte sie sogar Verständnis dafür. Trotzdem kam ein deutliches »Schade« durch die Leitung.

Ursprünglich hatte ich ja am nächsten Morgen fliegen sollen. Immer noch kann ich mir nicht erklären, warum ich es nicht tat. Aus irgendeinem Grunde, den ich heute nicht mehr rekonstruieren kann, blieb ich in Frankfurt und Buchschlag. War es, weil der Fall Zed noch immer nicht gelöst war? Was wäre wohl geschehen, wenn ich geflogen wäre? Zeds Mörder wäre gefaßt worden. Wirklich? Wäre er wirklich gefaßt worden, wenn ich in die USA geflogen wäre? Ich kann diese Frage nicht beantworten.

Um acht Uhr saß ich an meinem Schreibtisch.

Die Dietrich hatte die eingegangene Post geordnet nach »Wichtig« und »Eilig«. »Wichtig« war nur ein verschlossener Brief, »vertraulich, persönlich«. »Eilig« war ein ganzer Stapel. Er konnte warten. Der Brief enthielt eine Rechnung von Argopolous über achttausend Mark für eine Weinlieferung an unsere Kantine, tausend Mark mehr als ich erwartet hatte.

Ich rief Argopolous direkt an – im Laufe des Vormittags.

»Die Rechnung überrascht mich etwas, haben Sie Ihre Preise so kräftig erhöht?«

»Aber, Herr Doktor, natürlich nicht. Aber die Wünsche Ihrer Gäste waren ungewöhnlich!«

»Das verstehe ich nicht! Was meinen Sie mit ungewöhnlichen Wünschen?«

»Darüber kann ich nicht sprechen. Aber eine Dame fiel für eine ganze Woche aus!«

»Und warum?«

»Herr Doktor, das lag an den Wünschen eines Gastes.«

»Bitte, werden Sie deutlicher, Argopolous.«

Ich merkte, wie er sich am Telefon wand und sich dann einen Ruck gab.

»Ich werde darüber nicht reden. Aber Sie hätten mir vorher sagen müssen, daß einer der Gäste auf Sado steht.«

»Auf Sadismus? Unmöglich!«

»Doch, glauben Sie mir bitte, daß das so war. Die Dame jedenfalls fiel für eine Woche aus.«

»Und wer war das?«

»Das werde ich niemandem sagen, auch Ihnen nicht. Sie müssen's mir bitte glauben. Wenn nicht, ziehen Sie tausend Mark ab. Aber ich muß schweigen.«

»Von mir aus müssen Sie das nicht.«

»Aber von mir aus. Verstehen Sie das bitte, Herr Doktor.«

Ich dachte nach und dann sagte ich nur: »Dann müssen Sie beim nächsten Abend in diesem Kreis wieder mit Ausfällen bei Ihren Damen rechnen.«

»Das mag sein, aber wir werden dann eine entsprechende Vorauswahl treffen.«

»Also gut«, sagte ich, »wir zahlen«, und hängte ein.

Ich zeichnete die Rechnung ab, steckte sie in einen Umschlag, klebte ihn zu, adressierte ihn an Rüsch zum Gegenzeichnen mit dem Vermerk »persönlich« und legte ihn in den Ausgangskorb für die Hauspost.

Argopolous hatte also auch seine Ehre und verriet selbst mir nicht, wer von meinen Gästen seine Wünsche auf solche Art befriedigt hatte, daß eine Dame eine ganze Woche lang ausfiel. Der dicke, breithändige W., Seifert oder der Herr B.? Einer von ihnen hatte sich als Sadist entpuppt, und ich durfte nun darüber nachdenken, wer's war. Ich war nicht in der Stimmung, mir lange den Kopf zu zerbrechen. Ob ein nächstes Treffen überhaupt nötig war, wußte ich nicht. Und wenn, dann wäre immer noch Zeit, Argopolous vorzuwarnen.

Um zwölf Uhr stand Rüsch in meinem Zimmer.

»Ich wollte doch mal hören, wie's bei Argopolous war!«

»Ich habe alles erzählt, er ist ein bißchen teurer geworden, aber seine Küche ist nach wie vor erlesen.«

»Wie die Damen?«

»Wie die«, bestätigte ich.

»Wenn wir gleich VV zum Essen treffen, bitte keine Details, woher unsere Informationen stammen, falls er das überhaupt wissen will. Er hat sich erkundigt, wie's Ihnen geht, da habe ich den Lunch-Termin vereinbart. Wie geht's Ihnen denn? Und wie ist das alles passiert? Erzählen Sie's beim Lunch, ja!«

Und dann berichtete er kurz, was er in der letzten Woche angeleiert hatte.

»Das ist ein Meisterplan von Ihnen, Jagosch, narrensicher. Die ersten Presseberichte haben Sie sicher schon gelesen, oder?«

»Ich bin noch dabei, aber die Nachricht aus Seattle ist ja ganz gut eingeschlagen.«

In der Tat, was ich am Vormittag gelesen hatte, war schwarz auf weiß der Beweis, wie gut mein Plan arbeitete.

Ganz harmlos und scheinbar ohne jede Beziehung zu Startbahn West und Frankfurter Flughafen veröffentlichten die großen Tageszeitungen die Berichte, die ich vorbereitet hatte. Vorbereitet, ohne daß die Leutchen jenseits des Kanals oder des Atlantiks wußten, um was es wirklich ging, hatten sie ihre Pressekonferenzen abgehalten. Ich hatte vor Monaten schon mit den jeweiligen Pressechefs oder Public-Relations-Leuten, wie sie in Amerika hießen, die Themen fixiert. Das war eine ganz normale Angelegenheit. Ich hatte mit ihnen sprechen können als »Deputy Manager« und als »Public Relations Director« einer Bank, die gewisse Beteiligungen an verwandten Unternehmen in Deutschland hatte.

Klar, daß die Kollegen im Ausland gern hörten, was wohl die deutsche Presse interessierte. Und natürlich griffen sie gern die Themen auf, die ich vorgeschlagen hatte. Denn bei Unternehmen von Weltbedeutung war man schon an einem guten deutschen Presseecho interessiert. Daß das auch uns nützen würde, hatte ich verschwiegen.

VV kam erst zum Nachtisch auf dieses Thema. Wir saßen im Salon »Zambesi«, dem kleinsten Speiseraum. Ein Steward servierte Kaffee und Zigarren. Wir alle verzichteten auf Alkohol.

»Sie rauchen wieder, Jagosch. Das ist ein gutes Zeichen. Aber jetzt möchte ich gern wissen, was Ihnen passiert ist. Hat der Überfall auf Sie etwas mit unserem Anliegen zu tun?«

Seine Frage schlug bei mir wie ein Blitz ein. Er sprach aus, was ich bisher so klar nicht gefragt hatte. Dösend im Krankenhaus hatte ich zwar auch überlegt, warum ich wohl im Wald zusammengeschlagen worden war. Alle möglichen Gedanken hatte ich gewälzt. Und war schließlich dabei gelandet, daß irgendwelche Rocker oder Haschdealer, die ich bei ihren Geschäften gestört hatte, mich zusammengeschlagen hatten.

Denn daß es Dealer in diesem Wald gab, war bekannt. Die Kiesgrube, die ja nur ein paar Kilometer entfernt war, sammelte wilde Typen um sich. Die rollten mit ihren schweren Motorrädern von weither heran, saßen nachts an Lagerfeuern und zogen wilde Feten ab. Wer sie dabei störte, mußte mit Gewalt rechnen. Das hatte ich mir als Erklärung zurechtgelegt.

VVs Frage überraschte mich. Einen Zusammenhang zwischen unserem Engagement am Flughafen und dem Überfall auf mich hatte ich noch nie bedacht.

Es schien mir auch ganz abwegig. Trotzdem – möglich wäre es gewesen. Aber was bedeutete eine solche Theorie?

VV musterte mich aus braunen abschätzenden Augen.

»Ich weiß es nicht«, sagte ich, »aber man kann es wohl nicht ausschließen.«

»Wie ist Ihre Theorie?«

»Ich habe dazu noch keine. Aber zuerst wurde mein Freund Zed erschossen, Sie kennen den Fall?«

VV wechselte mit Rüsch einen Blick und nickte.

»Und dann kam der Überfall auf mich. Zed hatte mit dem Ausbau der Startbahn West zu tun, das wußten wenige. Und ich habe damit zu tun, das wissen noch weniger Leute. Ich habe noch keine Theorie, aber die Kripo war schon bei mir.«

VV drückte auf die Klingel und orderte weiteren Kaffee. Er sprach erst wieder, als der Steward den Raum verlassen hatte.

»Wie verhalten Sie sich gegenüber der Kripo?«

»Kooperativ.«

»Das begrüße ich. Seien Sie kooperativ, aber wahren Sie unsere Interessen.«

Er sah auf die Uhr und verabschiedete sich.

»Mein Fahrer wartet. Bitte lassen Sie mich wissen, wie alles weitergeht. Am besten über Herrn Rüsch. Gute Besserung. Übrigens, das haben Sie bisher sehr gut gemacht.«

»Danke«, sagte ich und erhob mich wie Rüsch, als VV den Raum verließ.

Rüsch drückte jetzt die Klingel.

»Trinken Sie einen Cognac mit?«

Ich nickte.

Der Steward servierte und schenkte Kaffee nach. Als er die Tür geschlossen hatte, setzte Rüsch das Gespräch fort.

»VV hat Ihnen eine klare Anweisung gegeben. Seien Sie kooperativ, aber wahren Sie unsere Interessen.«

Ich blies den Rauch meiner Havanna gegen das Fenster.

»Ich werd's versuchen«, sagte ich, »ich werd's versuchen.«

»Das reicht mir nicht, Jagosch. Ich muß sicher sein, daß von diesem Gespräch bei Argopolous nichts bekannt wird.«

»Und was sage ich, wo ich am Vorabend war und warum ich nicht ins Büro kam?«

Rüsch lachte. »Das wird Ihnen doch nicht schwerfallen. Sie sagen, wo Sie waren. Ein Mann wie Sie braucht mal Abwechslung, oder? Versteht doch jeder Kripomann.«

»Natürlich«, sagte ich.

»Gut, halten Sie mich auf dem laufenden. Sind Sie schon wieder voll einsatzfähig?«

»Nicht ganz«, sagte ich, »ich werde mich noch ein paar Tage schonen und früher gehen.«

Rüsch erhob sich.

»Tun Sie das, Jagosch. Vielleicht war's übrigens reine Eifersucht, weshalb man Sie überfallen hat.«

Damit trennten wir uns. Ein blödsinniger Gedanke von Rüsch. Als ob die Damen von Argopolous im Zentrum von Eifersüchteleien standen!

Kapitel
12

»Herr Thelick wartet auf Sie, ich habe ihn nicht abwimmeln können.«

Das wollte bei der Dietrich schon was heißen. Sie trug die Ärmel ihrer rosa Bluse aufgekrempelt und sah energisch und enttäuscht zugleich aus.

Thelick saß an meinem Besuchertisch im Sessel.

»Ich weiß«, sagte er statt einer Begrüßung, »Sie haben keine Zeit. Aber es ist wichtig.«

»Bleiben Sie sitzen, was ist denn so wichtig?«

»Die zweite Story, die ich vor mir herschiebe, der Überfall auf Sie, Jagosch.«

»Deswegen sind Sie hier? Das hätte ich Ihnen auch am Telefon sagen können.«

»Na, dann erzählen Sie jetzt. Sie sehen ja immer noch ramponiert aus!«

Ich berichtete das bißchen, was ich wußte.

»Sie tappen also auch im dunkeln.«

»Ja.«

»Dabei ist der Schlüssel ganz einfach, Jagosch.«

»So?«

»Ja, wenn ich wüßte, welche Rolle Sie beim Flughafenprojekt

spielen, haben wir des Rätsels Lösung.«

Was wußte Thelick? Ich brauchte Zeit, bestellte Kaffee, zündete meine Zigarre neu an und fragte, ob er wüßte, daß Dorian am Samstag Gast im Club sein würde.

»Ja, ja, der will noch einmal alle Verdächtigen aus der Nähe beobachten. Ich würde das an seiner Stelle auch tun.«

»Ihrer Meinung nach war es also jemand aus dem Club?«

»Der auf Zed schoß? Ja, sicher.«

»Also zum Beispiel Sie, Thelick.«

»Ja, ich oder Brehm oder Wörthmann,oder Dortlich oder Seifert oder Sie, Jagosch!«

»Da waren wir schon vor einer Woche. Was soll das? Spielen Sie Kripo?«

Thelick schlürfte seinen Kaffee sehr langsam.

»Ich bin da einem dicken Hund auf der Spur, aber alles habe ich noch nicht zusammen. Brehm, Seifert und Wörthmann habe ich klar. Sie fallen für mich aus als Täter. Sie können sich schlecht selbst überfallen haben. Bleibt Dortlich.«

»Wovon reden Sie? Von dem Schuß auf Zed oder dem Überfall auf mich?«

Thelick stand plötzlich auf.

»Wenn Sie Zeit haben, kommen Sie mit. Ich zeige Ihnen was.«

»Eigentlich wollte ich bald nach Hause.«

»Wo ich Sie hinführen will, werden Sie kaum Zeit verlieren. Nehmen Sie mich mit? Zurück zur Redaktion nehme ich dann ein Taxi.«

Wir fuhren nach Oberrad hinaus, bogen rechts hinter der Aral-Tankstelle ab und hielten in einer stillen Seitenstraße vor einem Reihenhaus.

»Hier wohnt mein Freund Hanno.«

Thelick klingelte.

Ein kahlköpfiger, dünner Mann, irgendwo in den Fünfzigern, öffnete. Er trug Holzschuhe, ausgebeulte Cordhosen, einen dünnen gelben Pullover mit Lederflicken an den Ellenbogen und hielt eine gebogene kurze Meerschaumpfeife in der Hand.

»Timofei«, sagte er, »ich habe dich später erwartet. Aber kommt rein.«

Er nickte mir zu und klapperte dann ins Wohnzimmer.

Was für ein Raum! Alle Wände waren vollgestellt mit Schränken, grauen Stahlschränken, die fast bis zur Decke reichten. Eine Registratur, wie bei uns im Archiv.

Mitten im Zimmer ein Schreibtisch, unaufgeräumt, davor zwei Thonet-Stühle, dahinter ein Sessel aus weißem Leder. Auf dem Parkettfußboden stapelten sich geheftete Blätter und Zeitungen. Die Tür zur Terrasse war geschlossen. Hinter vergilbten Vorhängen schien eine verkümmerte Birke durch. Dicker Qualm hing im Zimmer.

»Hanno Hofmann«, stellte Thelick vor, als wir saßen, »und dies ist Dr. Bernhard Jagosch.«

Wir nickten beide. Die Hand hatten wir uns nicht gegeben.

»Sie interessieren sich also für Slim Dortlich und seine Werbeagentur, nicht wahr?«

»Ja«, sagte Thelick, »vielleicht zeigst du ihm mal, was du hast.«

Hofmann legte seine Pfeife in einen großen Keramikaschenbecher, der von abgebrannten Streichhölzern überquoll. Er stand neben einem Telefon, das an einen automatischen Anrufbeantworter angeschlossen war.

»Hanno Hofmann gibt den *Roten Dienst* raus, Jagosch, den müßten Sie kennen!«

Ich erinnerte mich nur schwach. Dieser »Dienst« war einer von den vielen, die über die Werbeszene berichteten. Wir hatten ihn vor Jahren einmal abonniert, aber dann abbestellt. Für dreißig Mark im Monat waren andere schneller. Ich las sowieso nur Auszüge daraus, die mein Werbeleiter für wichtig hielt.

»Ja, ich weiß Bescheid.«

»Aber abonniert haben Sie den *Dienst* nicht!«

»Kann sein.«

»Ich weiß es genau«, sagte Hofmann nur, ohne Vorwurf.

»Aber jetzt wollen Sie Informationen – oder?«

»Ich nicht, Thelick will sie.«

Hofmann stand auf.

»Ist auch egal. Ich bin Thelick einen Gefallen schuldig, bitte, bedienen Sie sich. Kopieren können Sie im Keller. Da drucken wir den *Dienst* übrigens auch.«

»Hier« – er zog eine Schublade in Brusthöhe in der Nähe des Fensters heraus – »finden Sie alles über Dortlich und da oben alles über seine jetzige Agentur H.S.C.M.«

Thelick griff in die Lade.

Er holte einen braunen Ordner heraus, dirigierte mich auf einen der beiden Stühle, klappte den Ordner auf und legte ihn mir auf die Knie.

»Da, lesen Sie mal, was man über Dortlich weiß.«

»Sagen Sie's mir, das geht schneller!«

Er lächelte kopfschüttelnd.

»Nein, lesen Sie, mir glauben Sie vielleicht nicht.«

Der Ordner war nur knapp zur Hälfte gefüllt und schon beim Blättern merkte ich, daß er chronologisch geordnet war. Es waren zumeist hektografierte, später xerografierte Meldungen, säuberlich ausgeschnitten, auf Saugpost geklebt und mit Quelle und Datum versehen.

Der erste Bericht stammte aus einer Pressemeldung, die die Werbeagentur L & M 1958 herausgegeben hatte. Darin hieß es nur, Sigurd Ludwig Dortlich habe am 1. April die Textabteilung der Agentur verstärkt.

In den nächsten Jahren wurde sein Name nur genannt, wenn die Gruppen erwähnt wurden, die bestimmte Werbekampagnen entwickelt hatten.

1963 wechselte Dortlich zu einer Hamburger Werbeagentur, ein paar Jahre später nach Düsseldorf.

Zwischen 1969 und 1971 schrieb er Kolumnen in einem Hammer Werbefachblatt, später regelmäßig für eine rheinische Zeitung.

Und dann folgten, ziemlich gleichlautend, Berichte über die Gründung der deutschen Niederlassung der amerikanischen Werbeagentur H.S.C. & M., die sehr spät auf dem deutschen Markt gestartet war, aber sofort fünf sehr bedeutende deutsche Kunden gewonnen hatte.

1976 war Dortlich kreativer Chef und kreativer Geschäftsführer von H.S.C. & M. geworden und hatte im gleichen Jahr für zwei Kampagnen Goldmedaillen in einem Wettbewerb gewonnen, außerdem einen bedeutenden TV-Preis in Cannes bei den Festwochen der Werbebranche.

Grund für eines dieser Werbeblätter, über ihn ein mehrseitiges Porträt zu veröffentlichen.

Das las ich genauer. Neben dem üblichen Blabla erfuhr ich einiges über Dortlichs Vergangenheit.

»1964 war Slim, wie ihn seine Freunde nennen, deutscher Meister im Zehnkampf. Heute noch ist er aktiver Sportler, wenn auch nur noch auf seinem Lieblingsgebiet: Im vergangenen Sommer wurde er Meister der hessischen Pistolenschützen.« Ende des Zitats.

»Sollte ich das lesen, Thelick?« fragte ich.

»Ja – das und dann vor allem diesen Ordner!«

Während ich geblättert und gelesen hatte, war er auf eine hohe Fußbank gestiegen und hatte von oben aus dem am weitesten rechts stehenden Blechschrank einen neuen Ordner geholt.

Hofmann war aus dem Zimmer geschlürft. Seine Holzpantinen klapperten im Flur, verklangen auf dem Weg in den Keller.

»Aus diesem Ordner brauchen Sie nur die letzten zwei Jahre zur Kenntnis zu nehmen.«

Thelick nahm mir den ersten Ordner weg, legte ihn auf den Fußboden, geöffnet, und gab mir den neuen.

Ich blätterte von vorne durch: Eine Kette unerfreulicher Meldungen. »H.S.C. & M. verliert 6 Millionen Umsatz«, »Wohin geht der H.S.C. & M. Kunde . . .?«, »Jetzt nur auf Platz 30«, »Neues Management – wer wartet auf Wunder?«

Ich addierte beim Blättern. Thelick stand hinter mir, leicht über meine Schulter gebeugt.

»Wenn Sie die Verluste der Agentur in den letzten zwei Jahren addieren, Jagosch, dann werden Sie feststellen: H.S.C. & M. hat in vierundzwanzig Monaten die Hälfte seiner Kunden und fast sechzig Prozent von seinem Umsatz verloren.«

Das war mir in dieser Klarheit neu. Es konnte sein, daß die Dietrich mir solche Meldungen gar nicht auf den Schreibtisch durchgelassen hatte.

»Und nun lesen Sie mal, was vor zwei Monaten hier stand. Der *Rote Dienst* ist ja in seiner Berichterstattung ausgesprochen fair, Jagosch, aber das klingt alles nicht gut: ›Verliert H.S.C. & M. jetzt auch noch seinen Bank-Kunden‹?«

Ich las die Acht-Zeilen-Meldung. Der Bericht stimmte: Wir hatten drei Agenturen aufgefordert, uns Vorschläge zu entwickeln. Natürlich war H.S.C. & M. dabei.

»Aber« – so hieß es im *Roten Dienst* – »wird H.S.C. & M. nicht wieder verlieren? In den letzten Jahren verlor die Frankfurter Agentur, für deren Kampagnen Slim Dortlich als verantwortlicher Gestalter zeichnet, immer dann, wenn eine andere US-Agentur mit im Rennen war. Es scheint, als verlasse Slim immer dann das Glück, das ihn und die Agentur vor zehn Jahren zum heißesten Tip der Branche gemacht hatte.«

Ich klappte den Ordner zu.

»Stimmt das alles, Jagosch?«

Thelick legte die Ordner in die Schrankfächer zurück und blieb an der Tür stehen.

»Ja«, sagte ich, »wir haben eine Wettbewerbspräsentation ausgeschrieben. Aber Dortlich hat die besten Chancen!«

»Weiß er das? Oder muß er nicht fürchten, wieder zu verlieren?«

»Worauf wollen Sie hinaus, Thelick?«

Er antwortete erst, als wir draußen auf dem Bürgersteig standen, nach einem in den Keller gerufenen Abschiedsgruß. Hofmann war kurz an der Treppe aufgetaucht. »Alles klar, Timofei?«

»Ja, alles klar.«

»Sieht nicht gut aus mit Dortlich und seinem Laden.«

»Also«, fragte ich, »worauf wollen Sie hinaus?«

»Können Sie sich das nicht denken, Jagosch? Slim Dortlich hat ein sauberes Motiv, Sie aus dem Weg zu räumen!

In allen Informationsdiensten steht, daß Sie die treibende Kraft hinter diesem Wettbewerb sind, der Slim rund sechs Millionen Mark Umsatz kosten kann.

Das ist doch Grund genug für einen Mann, Sie zusammenzuschlagen. Ihm steht schließlich das Wasser bis zum Hals.«

»Thelick«, sagte ich, »Sie sind verrückt!«

»Nein, mein Lieber. Jetzt werde ich noch herausfinden, wer Zed erschoß. Ich vermute, es war auch Dortlich. Und dann habe ich meine große Story.«

Kapitel
13

Vor meinem Haus stand ein Wagen mit einer Offenbacher Nummer. Als ich mein Auto in der Garageneinfahrt parkte, stieg Dorian aus. Ein zweiter Mann blieb hinter dem Steuer sitzen und ließ den Motor an.

»Herr Jagosch, ich muß Sie bitten, mit aufs Revier zu kommen!«

»Was soll das, Inspektor, kommen Sie rein, wir können auch bei mir reden!«

Dorians Gesicht blieb steinern.

»Wir müssen ein Protokoll aufnehmen.«

»Und wenn ich mich weigere?«

»Das würde ich Ihnen nicht empfehlen. Ich habe zwar keinen Haftbefehl, aber . . .«

»Gut«, sagte ich, »ich fahre hinterher.«

»Nein, wir nehmen Sie mit. Und bringen Sie dann später zurück.«

Während der Fahrt sprachen die beiden nicht. Wir quälten uns gegen den Feierabendverkehr durch Sprendlingen, kamen schnell auf der Landstraße voran, hingen dann aber vor Offenbach wieder fest.

Es war nach fünf, als wir endlich in Dorians Büro saßen. Er schickte Möger, der den Wagen gefahren hatte und der am Abend, als Zed erschossen worden war, bei uns im Garten gewesen war, aus dem Zimmer: »Holen Sie uns mal zwei Colas, bitte.«

Dann lehnte er sich in seinem Schreibtischsessel zurück. Es war warm und roch nach Akten und Stempelfarbe. Vor dem offenen Fenster dröhnte der Feierabendverkehr.

»Wenn Sie nicht rauchen, mach' ich zu.«

Ich nickte.

Er schloß das Fenster und legte einen Block auf seinen Schreibtisch, holte aus der Schublade einen Bleistift, legte ihn quer über den Block und versuchte ein schüchternes Lächeln, das mich überraschte.

»Also, was haben Sie zu erzählen, Dr. Jagosch?«

»Ich bin den ersten Tag wieder voll auf den Beinen und noch

ziemlich angeschlagen. Was wollen Sie von mir?«

»Können Sie sich das nicht denken?«

»Ihr verdammtes Protokoll hätten Sie auch bei mir zu Hause aufnehmen können.«

»Zweifelsohne. Nur da habe ich niemanden, der es schreibt.«

»Also gut, stellen Sie Ihre Fragen! «

»Ich habe nur zwei: Wo waren Sie in der Nacht, ehe Sie im Buchschlager Wald zusammengeschlagen wurden? Und was hat Thelick Ihnen seit dem Mord alles erzählt?«

»Warum wollen Sie das alles wissen, Dorian?«

Der Inspektor lehnte sich vor, deutete dem eintretenden Möger mit einer Handbewegung an, wo er die beiden Cola-Flaschen abstellen sollte und bat ihn dann, bis auf weiteres den Raum zu verlassen. Dorian reichte mir eine Flasche und entschuldigte sich, keine sauberen Gläser parat zu haben.

Als er nach einem langen Schluck die Flasche absetzte, wischte er sich mit dem Ärmel seiner Jacke über den Mund.

»Warum ich das wissen will? Eine gute Frage. Eigentlich stelle ich die Fragen, aber dies hier ist ein besonderes Gespräch.«

»Was ist daran besonders?«

Er lächelte wieder, faltete die Hände auf dem Schreibtisch und musterte mich mit schräg geneigtem Kopf.

»Ich habe selten Gelegenheit, mit einem Mann zu reden, der eigentlich schon zweimal tot sein sollte!«

»Wie meinen Sie das?«

»Sie sind mir ein Rätsel, Jagosch, und ich dachte, ich würde das Rätsel leichter lösen, wenn wir in diesem Zimmer reden anstatt bei Ihnen auf der Terrasse. Sie hätten also eigentlich schon zweimal tot sein müssen. Aber das berührt Sie anscheinend gar nicht.

Sie sitzen hier, in grauem Flanell, mit maßgeschneidertem Hemd, einer teuren englischen Clubkrawatte, möchten am liebsten eine teure Havanna-Zigarre rauchen und sind kühl bis ans Herz. Nichts scheint Sie zu bewegen. Weder der Tod Ihres Freundes noch der Überfall, der Sie immerhin acht Tage ins Krankenhaus brachte. Sie sitzen hier und lächeln. Ich kann Sie nicht begreifen, Jagosch, ich verstehe Sie nicht. Aber ich muß Sie verstehen, sonst kann ich den Fall nicht lösen. Wer sind Sie, Dr. Jagosch?«

»Das wissen Sie doch alles längst. Ein Freund von Zed Abraems. Verheiratet, zwei Kinder. Wohnhaft in Buchschlag, Am Waldrand 12. Direktor für Kommunikation bei einer Bank. Mitglied des ›Clubs der Köche‹ in Buchschlag. Jahreseinkommen interessiert nicht. Hobbies: zur Zeit keine. Sport: zur Zeit nur Jogging. Meine Frau und die Kinder sind zur Zeit in Amerika. Mein Schwiegervater ist schwer krank.«

»Ja«, sagte er nur, »ja«, und dann stützte er sein Kinn auf die gefalteten Hände und sagte noch einmal: »Ja.«

Trotz des geschlossenen Fensters drang Straßenlärm in den Raum. Im Nebenzimmer schrillte das Telefon. Die Hitze wurde langsam unerträglich. Die Cola-Flasche schwitzte Wasser, das perlend auf den Schreibtisch lief. Ich trank einen Schluck.

»Also gut«, sagte er dann schließlich, »wenn Sie nicht reden wollen, werde ich das tun.«

»Mehr kann ich Ihnen nicht sagen, Dorian, aber wenn Sie den Überfall auf mich protokollieren wollen, rufen Sie Ihren Kollegen rein. Ich werde alles erzählen.«

Er schüttelte den Kopf.

»Sie verstehen mich nicht, oder ich drücke mich nicht klar genug aus. Ich möchte wissen, was für ein Mensch Sie sind. Den kann ich hinter alldem, was ich von Ihnen weiß, noch nicht erkennen.«

»Tut mir leid«, sagte ich, »ich bin jetzt achtundvierzig Jahre alt und Fachmann für Kommunikation. Aber besser kann ich mich nicht ausdrücken. Was meinten Sie übrigens mit zweimal tot?«

Er zog seine Unterlippe durch die Zähne. Das tat er oft, wenn er nachdachte.

Dann holte er aus der Schreibtischschublade einen grauen Leitz-Ordner, der ziemlich prall war.

»Unterlagen und Notizen zu Ihrem Fall!«

»Mein Fall?«

»Ja, Dr. Jagosch, der Schuß, der Zed Abraems tötete, galt vermutlich Ihnen.«

Das überraschte mich, aber ich blieb ruhig, faltete nur die Arme vor der Brust. Ich mußte ihm ja nicht zeigen, daß ich seit dem Gespräch mit VV und Rüsch beim Lunch nachdenklich geworden war.

In Situationen wie dieser, wo einen harte Fragen überraschen, mußte man vor allem Zeit gewinnen. Jetzt schnell zu antworten, wäre grundfalsch gewesen.

Laß ihn kommen, dachte ich, mal sehen, was er sagt. Zwischenfragen zum Verständnis stellen, ihn lange reden lassen, dann eventuell seine Meinung in eigenen Worten wiederholen – das alles brachte Zeitgewinn. Und Zeit brauchte ich jetzt plötzlich, Zeit zum Nachdenken.

»Sie haben doch an dem Abend Ihren weißen Pullover Zed Abraems geliehen, nicht wahr? Gut. Sie haben ungefähr die gleiche Statur wie Abraems.

Abraems stand im Schatten, als der Schuß aus dem Wald fiel. Wir vermuten, der Täter meinte Sie. Wir können das noch nicht beweisen, weil wir den Täter noch nicht haben, aber wir sind sehr sicher. Denn ein paar Tage später werden Sie im Wald überfallen und so brutal hergerichtet, daß wir vermuten, Sie sollten getötet werden. Nur das Auftauchen von Wörthmann hat Sie vermutlich gerettet.«

Mir fiel siedendheiß ein, daß ich mich ja bei Wörthmann überhaupt noch nicht bedankt hatte. Ich mußte es unbedingt heute abend nachholen.

»Wörthmann fuhr mit dem Rad, übrigens wie immer ohne Licht, durch sein Revier. Es war dunkel, wie Sie sich erinnern werden, und wie's der Zufall will, gab's einige Minuten lang keinen Fluglärm. Da hörte Wörthmann aus dem Pfad, in den Sie eingebogen waren, Geräusche. Er fuhr den Pfad hinunter und fand Sie. Der Täter war flüchtig. Oder die Täter. Wahrscheinlich hat der Täter Wörthmann kommen hören. Wörthmann kümmerte sich um Sie, statt den Täter zu verfolgen. Als er schließlich daran dachte, war es zu spät. In der Nacht, als er Sie aus dem Wald schleppte, den Krankenwagen und mich benachrichtigte, gab es ein Gewitter mit stundenlangem Regen. Der löschte alle Spuren. Wir fanden nichts. Ende der Geschichte.«

»So ähnlich habe ich mir das vorgestellt. Darf ich übrigens Wörthmann mal anrufen, oder wollen Sie mich noch länger hier festhalten?«

»Von uns aus können Sie bald gehen. Aber rufen Sie ruhig an.«

Ich hatte Glück. Wörthmann war schon zu Hause. Ich lud ihn

und seine Frau zum Abendessen zu »Claudio« ein. Dann rief ich dort an und bestellte einen ruhigen Tisch.

»Sie müssen uns aber noch zwei Fragen beantworten, ehe Sie gehen. Und dann müssen wir noch das Protokoll zum Überfall aufnehmen.«

»Das können wir jetzt tun.«

»Nein, erst die Fragen!«

»Welche waren es, Dorian?«

Wieder dieses Lächeln, zweifelnd und freundlich zugleich.

»Erstens: Wo waren Sie am Abend vor dem Überfall? Zweitens: Was hat Thelick Ihnen alles erzählt?«

Ich beantwortete die zweite Frage zuerst und hoffte, er werde die erste vergessen.

»Thelick ist ein seltsamer Bursche«, sagte ich, »ich kenne ihn seit Jahren. Wäre das nicht der Fall, müßte ich annehmen, er arbeitet für Sie, Inspektor.«

»Wie meinen Sie das?«

»Nun, Thelick liefert mir ständig Verdächtige.«

»Ach nee«, sagte Dorian. »Erzählen Sie mal.«

»Es fällt auf, daß Thelick immerzu nach möglichen Tätern und möglichen Motiven sucht.

Ehe ich nach Hause kam, hatte Thelick mich nach Oberrad geschleppt zu einem Informationsdienst für die Werbebranche. Dort gab er mir aus deren Archiv Sachen über Slim Dortlich zu lesen und über die Agentur, deren kreativer Kopf er ist. Wenn ich das alles zusammennehme, dann könnte ich meinen, Thelick will, daß ich glauben soll, Slim Dortlich wollte mich töten.«

Ich berichtete, was in den Presseausschnitten alles gestanden hatte.

Dorian hörte aufmerksam zu, machte sich aber keine Notizen.

»Dortlich können Sie als Täter vergessen, Jagosch. Selbst wenn das Motiv stimmen würde, was ich bezweifle, hat Dortlich saubere Alibis. Zu der Zeit, als der tödliche Schuß auf Zed fiel, wurde er von einer Radarstreife angehalten auf der B vierundvierzig. Er kam aus Frankfurt und fuhr hundertvierzig, statt der erlaubten hundert Kilometer. Und an dem Abend, als Sie überfallen wurden, leitete Dortlich eine Podiumsdiskussion zum Thema ›Kunst und Werbung‹ vor dem Museumsverein in Frankfurt. Er fällt als möglicher Täter aus.«

»Ich kann mir auch nicht vorstellen, daß Dortlich ein Mörder ist.«

»Gewiß nicht, er hat ein stattliches Vermögen in der Schweiz. Selbst wenn Sie seine Agentur feuern und Dortlich gehen muß, wird er angenehm leben! Dortlich hat seine Schäfchen längst im trockenen. Aber Sie sagten, Thelick sucht ständig nach Tätern und Motiven. Was hat er denn noch zu sagen gehabt?«

Ich überlegte und versuchte, die vielen Gespräche mit Thelick zu rekonstruieren. Ich merkte, daß ich leichte Kopfschmerzen hatte, und war mir nicht ganz sicher, ob ich mich an alle Einzelheiten korrekt erinnerte in diesem Augenblick in Dorians Büro.

»Thelick vermutet den Täter im ›Club der Köche‹.«

»Ach nee, bitte, geben Sie Details an.«

»Er meint, der Täter muß ein Startbahngegner sein. Und Startbahngegner sind Wörthmann und Brehm. Seifert fällt aus, der arbeitet für den Flughafen.«

»Wörthmann ist eine reizvolle Hypothese, Jagosch, aber leider auch eine falsche. Er hat Zed nicht erschossen. Zur Tatzeit an dem Samstag hat er ein einwandfreies Alibi. Wir haben es überprüft. Zed wurde aber um kurz vor acht erschossen. Und dann hat Wörthmann Sie aus dem Wald geholt, als Sie da halb tot lagen. Wenn er Sie aus dem Wege schaffen wollte, hätte er Sie nur liegen zu lassen brauchen. Vielleicht wären Sie verblutet bei der Kopfwunde! Also, Wörthmann fällt auch aus.«

»Ich komme langsam zu einer ganz anderen Erkenntnis, Dorian. Könnte der Täter nicht aus dem US-Flughafen stammen?«

Jetzt lachte er laut.

»Sie unterschätzen Colonel Johnson. Was glauben Sie, hat der seit dem Mord getan? Däumchen gedreht? *Special agent Zed Abraems killed near Frankfurt!* Und Johnson läßt den Fall schlüren? Nein, mit neunzigprozentiger Sicherheit können Sie annehmen, daß der Täter nicht von dort stammt.«

»Und die restlichen zehn Prozent?«

»Die könnte Colonel Johnson selber sein. Er und der Kommandierende General waren die einzigen, die über Zed voll informiert sind. Es gab nichts Schriftliches über Zeds Auftrag. Selbst ich weiß darüber kaum etwas. Ich habe zwar Vermutungen, aber

Johnson hat sie nicht bestätigt. Also auch Fehlanzeige. Nein, diese Spur führt nicht weiter – oder sie endet bei Johnson selbst. Dann müßten Sie mit der Hypothese leben, daß ein amerikanischer Oberst der Luftwaffe, hochdekoriert in Vietnam und erfahren im Flughafenausbau in vielen Nato- und Seato-Staaten, seinen eigenen Mann umlegt. Unsinn.«

Mir fiel plötzlich ein, daß wir die ganze Zeit davon ausgegangen waren, daß ich das Opfer sein sollte. Nur als wir eben über Johnson sprachen, war der Mord an Zed ein Fall, der nichts mit dem Überfall auf mich zu tun hatte.

Offensichtlich hatte Dorian ähnliche Gedanken.

»Außerdem, Jagosch: Warum sollte Johnson es auf Sie abgesehen haben? Wir gehen ja von meiner These aus, daß Sie das Opfer sein sollten, und nur Glück hatten – in beiden Fällen.«

»Genau das ist meine Frage, Dorian: Wie kommen Sie überhaupt darauf, daß der Schuß für mich gemeint war?«

Seine Reaktion war berechnet. Er lehnte sich zurück.

»Zunächst nur eine These. Gestützt wird sie, wie gesagt, durch die Tatsache, daß Sie Zed Ihren Pullover geliehen haben und in der Dämmerung leicht mit ihm zu verwechseln waren. Weiter wird diese Annahme durch den Überfall auf Sie verstärkt. Nehmen wir einmal an, diese These stimmt. Was hat Ihnen Thelick noch erzählt? Was meinen Sie selbst?«

Ich massierte meine Schläfen. Die Kopfschmerzen hatten zugenommen. Dorian merkte es. Unaufgefordert holte er aus dem Schreibtisch ein Röhrchen mit Tabletten und schob sie über den Tisch. Ich nahm eine und spülte sie mit einem Schluck Cola hinunter.

»Bleibt Brehm«, sagte ich, »als pensionierter Oberstleutnant der Bundeswehr weiß er, wie Flughäfen geplant werden. Er startet gerade ziemlich aktive neue Bürgerinitiativen hier in den Orten, die vom Startbahnbau betroffen sein werden. Wenn er Erfolg haben will, müßte er die Haupttriebfeder ausschalten, die den Ausbau vorantreiben will: also Zed.«

»Zed zum Beispiel. Oder Sie. Oder Seifert!«

»Wie meinen Sie das?«

»Seifert arbeitet für die Horstum, die ja nur den einen Zweck hat, nämlich die Startbahn West zu bauen. Zed war Experte für die Amerikaner. Und Sie, Sie kann ich eben noch nicht einordnen. Ich weiß nur, daß Ihre Bank Interessen am Ausbau hat.«

»Wie alle Banken.«

»Oder mehr, wenn man Ihre Arbeit sieht und wen Sie so treffen. Aber lassen wir das mal eben. Jedenfalls können Sie Brehm vergessen!«

Zum ersten Mal, fast nebenbei, äußerte Dorian jetzt etwas, das für uns gefährlich werden könnte. Er vermutete, meine Bank hätte mehr als üblich Interessen am Ausbau der Startbahn West.

Nun gut, das konnte jemand, der sich in diesen Fall vertiefte, leicht mutmaßen. Aber wie kam Dorian darauf, daß ich darin verwickelt war? Wußte er, daß wir uns bei Argopolous getroffen hatten? Oder war das nur eine lässige Formulierung, nicht so gemeint, wie sie klang?

Ich mußte auf der Hut sein. Es war besser, ich nahm diese Bemerkung über die Bank nicht auf.

»Ich kann mir nicht vorstellen, daß Brehm als Ex-Bundeswehroffizier ein Mörder ist!«

»Mörder gibt es auch unter Offizieren, Jagosch. Aber zwei schlagende Argumente sprechen gegen Brehm als Täter!«

»Und welche sind das?«

»Sie kennen doch Brehm?«

Ich nickte.

»Dann wird Ihnen aufgefallen sein, daß Brehm krank ist.«

»Krank?«

»Ja, er leidet an Schüttellähmung beider Hände. Das war auch der Grund für seine vorzeitige Pensionierung. Er galt als hochbegabt, hätte sicher die nächste Beförderung glänzend geschafft. Aber dann erwischte ihn diese Krankheit. Ein Mann wie er kann keine Pistole mehr ruhig halten. Der tödliche Schuß auf Zed fiel aus fünfunddreißig Meter Entfernung! Wenn Sie da wackeln, schießen Sie daneben. Und dann hat auch er ein inzwischen bombensicheres Alibi für beide Abende. An dem Samstag saß er von acht bis halb neun Uhr mit einem Mann aus Walldorf in der Kneipe in Buchschlag. Und an dem Abend, als Sie überfallen wurden, war er in Kiel. Regimentstreffen.«

Es klopfte.

»Einen Augenblick noch, wir sind gleich soweit«, rief Dorian.

»Fassen wir zusammen, Jagosch, was Sie berichtet haben.

Thelick äußerte Vermutungen, die sich alle als falsch erwiesen. Weder Dortlich noch Brehm noch Wörthmann kommen als Täter in Frage, selbst wenn meine These nicht stimmen sollte, daß der Schuß Ihnen galt. Wenn wir einen Täter aus den US-Streitkräften ausschließen können, was so gut wie sicher ist, dann bleiben nur zwei Männer übrig, die als Täter in Frage kommen: Dr. Elmar Seifert. Aber ausgerechnet er arbeitet für die Horstum und ist sogar im Vorstand der Gesellschaft. Und Timofei Thelick. Wir erleben es oft, daß der Täter Spuren legt, die auf andere hindeuten.«

»Wollen Sie damit sagen, daß Sie Thelick verdächtigen?«

»Ich kann mich ganz gut ausdrücken, Jagosch. Ich meine das, was ich sage, mehr nicht. So, und jetzt wollen wir das Protokoll aufnehmen, dann bringen wir Sie zu ›Claudio‹. Es ist gleich acht Uhr.«

Die Aufnahme dauerte keine zehn Minuten. Ich unterschrieb.

Dorian brachte mich bis zum Dienstwagen, vor dem ein Streifenpolizist wartete.

»Wir sehen uns ja am Samstag abend im Club. Und Ihnen würde ich raten aufzupassen. Noch läuft der Täter frei herum. Wir behalten Sie unter Beobachtung. Ich nehme an, Sie haben nichts dagegen!«

Unterwegs fiel mir ein, daß Dorian die zweite Frage nicht wiederholt hatte. Interessierte ihn nicht mehr, wo ich am Abend vor dem Überfall gewesen war?

Das Essen bei »Claudio« war gut, sehr teuer und zog sich hin. Wörthmann und seine Frau brachten mich nach Hause. Ich war müde und hatte wieder stechende Kopfschmerzen. Gott sei Dank nahmen sie die Einladung auf einen Drink bei mir nicht an.

Als ich die Haustür abschloß, sah ich durch das kleine Fenster, wie draußen ein Polizeiwagen langsam durch Buchschlag rollte.

Ich schlief nicht sehr gut. Statt des Morgenlaufs machte ich eine kurze Radtour. Dann war mein Kopf klar für den Tag. Im Büro sah ich, was die Dietrich alles rosa im Kalender eingezeichnet hatte. Die Woche war verplant: Eine Tagung unserer Filialdirektoren, denen ich über ihre Pressearbeit vor Ort ein paar motivierende Worte zu sagen hatte, nahm den Nachmittag weg. Am anderen Morgen Empfang einer Delegation aus Pakistan, die zwei Tage zu Gast war. Am Donnerstag schließlich der Vortrag über Bankenwerbung vor dem Verein junger Bankiers, danach Lunch. Luft hatte ich nur bis zehn Uhr.

»Hat meine Frau noch einmal angerufen?«

»Nein. Ihren Flug mußte ich auf Montag früh umbuchen. Jetzt in der Feriensaison war ab Freitag alles zu. Ich habe Ihre Frau informiert.«

»Danke.«

Die Dietrich war schon sehr gut. Bis neun Uhr erledigte ich ein paar Telefonate. Dann konnte ich annehmen, daß auch mein Pressechef in seinem Büro angekommen war. Ich hielt den Dienstweg ein, als ich ihn fragte, ob Frau Gudda mir bei einem etwas diffizilen Auftrag helfen könnte.

Natürlich erhielt ich die erwartete Zusage. Ich rief Frau Gudda an. Wir hatten sie vor acht Monaten als Volontärin eingestellt. Ich erinnerte mich dunkel an sie.

Sie erschien mit Block und Kugelschreiber. Ich bat sie, Platz zu nehmen, schloß die Tür, bot ihr Kaffee an und sagte der Dietrich, daß sie Gespräche sammeln sollte. Ich würde um neun Uhr fünfundvierzig zurückrufen.

Frau Gudda war höchstens zweiundzwanzig Jahre alt, und ich fragte mich, als ich mich zu ihr in die Besprechungsecke setzte, warum wir eigentlich immer »Frau« Gudda sagten. Zu meiner Zeit wäre »Fräulein« die korrekte Anrede gewesen.

Sie saß ziemlich entspannt, streckte ihre langen Beine von sich, übereinandergeschlagen, und sah mich erwartungsvoll an.

Sie trug kein Make-up oder trug es so geschickt, daß man es nicht sah. Ihr Gesicht war bezaubernd frisch. Wahrscheinlich rauchte sie nicht. Sie trug, der herrschenden Mode zum Trotz, einen Pferdeschwanz, der sie noch viel jünger machte. Ihr Gesicht wurde beherrscht von tiefblauen Augen, einer Farbe, die man nur beim Fliegen sieht, hoch über den Wolken, wenn man nach oben blickt.

»Ich habe eine Bitte an Sie, Frau Gudda.«

Sie nickte nur, neigte den Kopf und lächelte.

»Sie werden für diese Aufgabe nicht viel Zeit haben, genau vier Tage. Und Sie müssen sie absolut vertraulich behandeln. Können Sie das?«

Leichter Unmut strich über ihre Stirn.

»Natürlich«, sagte sie, »ich werde mit niemandem darüber reden.«

»Auch nicht privat.«

»Auch nicht privat.«

Sie lächelte bestätigend, als sei es selbstverständlich, daß eine so angenehme Frau wie sie keine Schwätzerin sei.

Mein Gott, dachte ich, warum habe ich sie eigentlich nie bemerkt? Und warum habe ich sie nie zum Essen eingeladen?

Da saß sie jetzt, unendlich jung und frisch, mit tiefblauen Augen, und wartete auf meine Worte.

»Ich möchte am Freitag morgen um acht Uhr in einem verschlossenen Umschlag auf meinem Schreibtisch ein Blatt Papier von Ihnen haben, Frau Gudda. Es wird nicht mehr als dreißig Zeilen zu sechzig Anschlägen umfassen. Von diesem Papier wird es keinen Durchschlag geben und keine Kopie, auch für Sie nicht.«

Sie legte den Bleistift aus der Hand.

»Um was geht es, Dr. Jagosch?«

Mir fiel auf, daß sie eine dunkle, leise Stimme hatte.

»Ich möchte, daß Sie über einen Journalisten etwas für mich herausfinden. Ich sage Ihnen gleich, wer der Mann ist. Dann können Sie noch ablehnen, wenn Sie in Konflikte kommen sollten.«

»Um wen geht es?«

»Um Timofei Thelick. Sehen Sie Probleme?«

Sie schüttelte den Kopf und sah mir voll in die Augen.

»Nein, keine Probleme, Dr. Jagosch. Was wollen Sie wissen?«

»Ich möchte, daß Sie vier Fragen beantworten: Erstens: Wer ist Timofei Thelick? Hier erwarte ich vor allem Daten über seine politische Einstellung und eine knappe Vita. Zweitens: Wo war dieser Mann am Samstag, dem zweiten vor zwanzig Uhr? Kurz danach war er bei mir im Garten, ich muß wissen, wo er vorher war. Drittens: Wo war er am Mittwoch abend, dem zwölften August und am Donnerstag, dem dreizehnten August? Wenn er in oder um Buchschlag war, erwarte ich Details, sonst genügen mir Ort und Zeit seines Aufenthalts. Viertens: Arbeitet er für die Kriminalpolizei? Falls die Antwort positiv ist, bitte Details, sonst nur ein Nein.

Meinen Sie, Sie werden die Fragen beantworten können, Frau Gudda?«

»Ja«, sagte sie, »ich denke schon.« Und dann wiederholte sie die Fragen exakt.

»Sie erhalten selbstverständlich Spesen für die Lösung der Aufgabe. Die Abrechnung unterzeichne ich. Sie lassen sie am besten unter dem Titel ›Recherchen für den Vorstand‹ laufen.«

Sie erhob sich, lang, schlank und kühl. Welche Leidenschaften wohl in ihr verborgen waren?

Ich stand auf. Der Duft eines leichten, grünen Parfüms umwehte sie.

Sie war so groß wie ich, trug aber nur halbhohe Schuhe. Ihre Bluse nahm die Farbe der Überkaros ihres Rockes auf.

»Danke«, sagte ich, »das war's. Wenn es Zwischenfragen gibt, rufen Sie mich am besten abends zu Hause an. Da erreichen Sie mich sicherer als tagsüber hier. Der Rest der Woche ist furchtbar.«

»Ich weiß«, sagte sie nur und ging.

Ich setzte mich hinter den Schreibtisch und ordnete die Mappen, die ich heute brauchen würde. Sehr konzentriert war ich dabei nicht. Dann rief ich bei drei Anrufern zurück, die die Dietrich abgefangen hatte. Und danach kam ich bis Freitag früh nicht mehr zur Ruhe.

Vorträge, Diskussionen, Essen, abendliche Drinks. Ich fiel todmüde ins Bett, verzichtete auf meinen Waldlauf, aber hoffte insgeheim, daß Frau Gudda mich nachts mal anrufen würde.

Heute bin ich ganz sicher, daß ich in diesen hektischen Tagen vor meinem Urlaub die Entscheidung vorbereitete, die mich schließlich hierher in die White Mountains führte.

Ich hoffte vor dem Einschlafen oft, eine leise, dunkle Stimme würde anrufen und mir etwas sagen.

Das geschah nicht.

Die Dietrich telefonierte einige Male mit Wendy in Boston. Nichts Neues, keine schlimmeren Nachrichten. Kleine Zettel auf dem Schreibtisch unterrichteten mich von dem Ergebnis der Gespräche.

Am Donnerstag abend hatte ich Gelegenheit, Rüsch auf dem Abschiedsempfang für die pakistanische Delegation zu sprechen.

»Weiterhin alles ruhig. Die Kripo hat den Täter oder beide Täter immer noch nicht. Die Presse schweigt weiter. Aus Bonn und Wiesbaden wie erwartet nichts Neues. Und was die Arbeiten während meines Urlaubs angeht, die habe ich an meine Abteilungsleiter delegiert. Heute mittag habe ich einen kurzen Statusbericht für Sie auf Band gesprochen. Sie werden ihn Montag früh haben. Wie mit Ihnen abgesprochen, bin ich dann am achtzehnten September zur gewohnten Zeit im Büro. Meine Urlaubsadresse und die Telefonnummer hat die Dietrich.«

Ich hatte sehr schnell gesprochen. Rüsch musterte mich abwägend und legte mir dann kurz die Hand auf die Schulter.

»Sie sind angeknackst, Jagosch. Erholen Sie sich gut. Wir schaffen das hier schon. Bisher lief ja alles gut.«

Dann trennten wir uns und widmeten uns unseren Gästen.

Ich beobachtete Rüsch. Er war wie verwandelt, seit ich ihm mitgeteilt hatte, wie Bonn und Wiesbaden dachten. Es sah gut aus um die Dividende unserer Bank. Nach meinem Bericht hatte es sicher einige vertrauliche Gespräche mit den Baugiganten gegeben, an denen wir beteiligt waren. Und nun verströmte Rüsch Wohlwollen und Optimismus.

Das andere Projekt, über das es im ganzen Haus kein Stück Papier gab, das immer nur mündlich erledigt worden war, hatte ich zu einem guten Abschluß gebracht. Ich, der Direktor für Kommunikation der Bank, hatte dafür gesorgt, daß die internationale und nationale Presse Berichte erhielt, die alle dazu dienen würden, den Ausbau der Startbahn West voranzutreiben.

Eine gute Leistung. Eine wirklich gute Leistung.

Ich schlief nur schlecht. Und träumte von einer langbeinigen jungen Frau, die mir am Telefon etwas sagte.

Am Freitag morgen lag ein Umschlag auf meinem Schreibtisch: »Persönlich. Vertraulich.« Frau Guddas Bericht.

Ich schloß die Tür und öffnete den Umschlag. Sie hatte sich genau an die Länge gehalten, die ich vorgegeben hatte. Getippt war das Papier auf einer mechanischen Schreibmaschine in einer Type, die längst nicht mehr auf dem Markt war. Ich vermutete, sie hatte den Bericht zu Hause geschrieben.

Plötzlich stellte ich mir die Szene vor, ohne ihr Zuhause zu kennen. Sie tippte im Schein einer Schreibtischlampe vor einem offenen Fenster, trotz der Tageshitze war sie immer noch frisch wie am Morgen. Im Hintergrund lief ein Tonband, und aus einem Sessel klang die Stimme irgendeines jungen Mannes ungeduldig in das Klappern der Maschine hinein: »Bist du bald fertig . . .« Wie hieß sie mit Vornahmen? Ich sah in der Telefonliste nach: Juliane.

Juliane Gudda. Ein ungewöhnlicher Name.

Und dann las ich, was sie auf den grünen Bogen unserer Hausmitteilungen getippt hatte, mit nur zwei Tippfehlern auf knapp dreißig Zeilen.

Sie hatte die Fragen nicht wiederholt. Statt dessen hieß es: Antwort auf Frage 1. Ich mußte mir die Frage erst ins Gedächtnis zurückrufen, aber das fiel mir leicht, als ich las, was sie herausgefunden hatte.

Thelick war in Stade geboren, vierunddreißig Jahre alt, seit achtzehn Jahren Mitglied der SPD, und seit vierzehn Jahren auch der Gewerkschaft Druck. Beides formale Mitgliedschaften, keine Aktivitäten. »Das erlaubt ihm auch seine Zeit nicht. Er ist Journalist, arbeitet für Regionalzeitungen aus Norddeutschland und fest für das *Blatt* in Frankfurt. Gelegentlich für den Hessischen Rundfunk.« Abschließender Satz: »Unverheiratet und liiert mit einer dänischen Stewardeß der SAS. War Vegetarier. Verfasser zweier Bücher.«

Frage 2 war noch kürzer beantwortet: »Verließ am Samstag, den 7. August um 20.00 Uhr mit Beginn der Tagesschau die Kantine des Fußballclubs Eintracht in Langen und fuhr mit dem Fahrrad nach Buchschlag.«

Ich rechnete nach. Für den Weg von Langen-Neurott braucht man bis zu mir rund zwanzig Minuten. Also, so mein Schluß, war er nicht der Mann, der auf Zed geschossen hatte.

»Mittwoch war Th. von 21.00 Uhr bis Mitternacht in Bingen zu einer Werksbesichtigung mit anschließendem Abendessen.«

Ebenso negativ war die Auskunft über Donnerstag, den 13. August: »Nahm teil am Jungfernflug der Air Ghana, Start in Frankfurt um 11.15 Uhr, Rückkehr am Freitag, 20.15 Uhr.«

Frage 4 wurde mit einem Wort beantwortet: »Nein«.

Dann noch ein Nachsatz: »Außer Kilometergeld gab es keine Spesen. Werde das routinemäßig abrechnen unter Titel ›Hauszeitschrift‹. Sind Sie zufrieden, Dr. Jagosch? Gruß J.G.«

Natürlich hätte ich noch Fragen stellen können. Wie hatte diese Frau das so schnell und so gründlich recherchiert? Und so ganz ohne Kosten! Warum brauchte ich ein paar tausend Mark für einen Abend mit Damen, um ähnlich schwierige Fragen aus Bonn und Wiesbaden beantwortet zu bekommen?

Ich war abgeschlafft. Ich merkte das, als ich meine beiden Abteilungsleiter und die Dietrich zum Essen traf. Wir gingen durch, was anlag, und legten fest, wie sich meine Herren verhalten sollten, wenn diese oder jene Frage auftauchen würde. Im Zweifel, Rüsch fragen, war mein Ratschlag. Man nickte.

»Sie sehen urlaubsreif aus, Dr. Jagosch. Luftveränderung tut Ihnen gut.«

Das war das einzig private Wort beim Dessert. Ich bestellte Kaffee, Himbeergeist und Zigarren und merkte, wie fahrig ich rauchte. Man musterte mich aufmerksam, wünschte mir gute Erholung, und dann verabschiedeten wir uns am Aufzug.

Ich ging noch einmal in mein Büro und rief Seifert an:

»Wir sehen uns ja morgen abend, nicht wahr?«

»Ja, ich denke doch.«

»Dann gehe ich vier Wochen auf Urlaub.«

»Gut für Sie.«

»Ja, ich brauche Luftveränderung. Ich fliege in die Staaten.«

Kurze Pause.

»Wann denn?«

»Montag früh, vorher war keine Maschine frei.«

»Sie hätten mir etwas sagen sollen, Jagosch, vielleicht hätte ich noch einen Platz für Sie ergattert.«

»Das ist nicht weiter schlimm. Ich schlafe am Sonntag aus und komme ausgeruht drüben an.«

»Was machen Sie denn am Sonntag vormittag?«

»Ausschlafen, packen. Dann schneide ich den Rasen, versorge das Haus, gehe spazieren und abends früh ins Bett.«

»Hätten Sie Lust, Sonntag früh mit mir zu fliegen, Jagosch? Ich habe eine Maschine in Egelsbach reserviert. Wir könnten den Rhein aufwärts fliegen und in Straßburg Mittag essen. Gegen vier Uhr sind wir wieder zurück.«

»Keine schlechte Idee. Ich mache mit.«

»Prima.«

»Und mit unserer Pressearbeit läuft alles. Rüsch ist informiert, im Zweifel also bitte an ihn wenden. Aber viel dürfte nicht passieren.«

»Denke ich auch, Jagosch. Wie ist eigentlich der Stand in diesem Mordfall Abraems?«

»Inspektor Dorian ist ja morgen Gast bei uns. Fragen Sie ihn selbst. Er tappt noch im dunkeln.«

»Na, mal sehen. Und hat man den Täter, der Sie überfallen hat? Sie waren doch im Krankenhaus?«

»Auch noch nichts Konkretes. Haben Sie mit den Leuten aus dem ›Club‹ mal geredet?«

»Nein, wir sehen uns nur zu den Clubabenden, sonst haben wir ja überhaupt keinen Kontakt.«

»Richtig«, sagte ich, »also dann bis morgen abend.«

»Ja, bis dann, und wir treffen uns ja dann noch am Sonntag.«

»Natürlich«, sagte ich.

Als ich, früher als sonst, zu Hause war und nach zwei Flaschen Bier ins Bett fiel, schlief ich wie ein Stein.

Erst am Samstag morgen beim Duschen fiel mir plötzlich ein, wer mich überfallen hatte. Herrgott, dachte ich, und ging ans Telefon.

Kapitel
15

»Sprechen Sie bitte heute abend mit niemandem über das, was wir Ihnen eben gezeigt und berichtet haben. Und halten Sie die Vereinbarungen ein.«

Dorian setzte mich vor der Haustür ab und fuhr mit Thelick davon.

Im Haus schaute ich auf meinen leeren Koffer, der noch gepackt werden mußte, und stierte dann auf den Rasen. Er mußte wieder geschnitten werden. Diese reichliche Düngung im Frühjahr brachte mir jetzt im Sommer viel Arbeit.

Ich merkte, wie sich die Gedanken in meinem Kopf ständig um einen einzigen Punkt drehten.

Verrückt, dachte ich, was hast du bis jetzt eigentlich gemacht. Beachtliche Kommunikationsarbeit, die sicher Auszeichnungen verdiente, wenn man sie veröffentlichen könnte. Und das alles ohne Rücksicht auf das, was du selber denkst.

Nach dem Gespräch mit Thelick und Dorian waren mir die Gedanken, die bisher irgendwo in meinem Hinterkopf geschlummert hatten, ganz klar geworden.

Ich flüchtete mich in Tätigkeiten – aber was ich dachte, konnte ich nicht betäuben.

Ich genehmigte mir zwei doppelte Gin, schlief bis in den späten Nachmittag, mähte den Rasen, gab meinem Nachbarn Reimer die Hausschlüssel und die Urlaubsadresse und besprach, was zu besprechen war.

Dann ging ich in den Club.

Noch heute erinnere ich mich, wie fade Brehm gekocht hatte. Nur aus purer Höflichkeit verzichtete ich darauf, nachzuwürzen. Die Seezunge war zerkocht, die Entenbrust zu trocken. Der Wein, den Brehm ausgewählt hatte, machte uns keine Ehre. Der Weißwein schmeckte stählern, der Rotwein war zu süß. Ich fragte mich, wie wohl das allgemeine Urteil ausfallen würde, wenn wir beim Kaffee unsere Stimmzettel abgaben.

Die Regel schrieb vor, daß erst am Ende des Jahres die Urne mit den Stimmzetteln geöffnet wurde. Auf diese Weise wollten wir vermeiden, daß die Tagesform des jeweiligen Gastgebers über seinen Rangplatz entschied. Wir waren sechs Mitglieder im »Club«, und jeder kochte fünfmal im Jahr. Die höchste Note, die ein Mann erringen konnte, war 30, die schlechteste 150. Die Traumnote hatte noch nie jemand erreicht, der Meister des Vorjahres hatte sich 80 Punkte erkocht, der schlechteste war ich mit 102 Punkten. Brehm hatte mit 98 Punkten vor mir gelegen. Diesmal würde er sicher tief in den Keller rutschen.

Wir aßen alle ziemlich schweigsam.

Wer war bloß auf die Idee gekommen, Dorian zu uns in den »Club« einzuladen? Im Lauf der letzten Woche hatte Dorian, wie in meinem Fall, auch mit den anderen sicher mehrmals über den Mord gesprochen. Wir hatten untereinander darüber geredet und spekuliert. Und jetzt saß der Mann, bei dem alle Fäden zusammenliefen, unter uns und aß mit sichtlichem Vergnügen Seezunge, Entenbrust, Käse und Sorbet, alles höchst mittelmäßig zubereitet.

Dorian war in Blazer und Clubkrawatte erschienen. Er sah aus wie ein englischer Air-Force-Leutnant. Man konnte sich kaum vorstellen, daß der gleiche Mann in den letzten beiden Wochen zumeist in ausgebeulter Hose, offenem Hemd und Lederjacke rumgelaufen war und einen Mörder gesucht hatte.

»Meine Herren«, entsann sich Brehm seiner Pflicht als Gastgeber, »ich möchte jetzt, wenn auch verspätet, Herrn Dorian als unseren Gast begrüßen. Es wäre schöner gewesen, wir alle hätten Herrn Dorian nicht durch seine Arbeit an der Aufklärung eines Mordes kennengelernt. Aber das läßt sich nun nicht ändern. Also, nachträglich, herzlich willkommen bei uns.«

Brehms Hand zitterte leicht, als er Dorian zuprostete.

Dorian nickte jedem von uns zu. Wir saßen am runden Tisch, Dorian zwischen Brehm und Wörthmann. Seifert saß ihm gegenüber, zwischen mir und Dortlich. Thelick war mein linker Nachbar.

»Ich danke Ihnen, meine Herren, für die Einladung. Sie kochen vorzüglich, Herr Brehm. Sie haben recht, der Anlaß für diese Einladung war kein angenehmer. Aber vielleicht darf ich Ihnen sagen, ohne gegen Ihre Vorschrift zu verstoßen, nicht über den Beruf zu reden: Wir stehen kurz vor der Aufklärung des Falles. Ich denke, Anfang der nächsten Woche wissen wir alles. Vielen Dank.«

Wir tranken ihm zu. Brehm räumte ab. Wörthmann servierte Kaffee und was wir uns an Digestifs aus dem Barwagen wünschten. Dorian entschied sich für einen jungen Calvados.

Ich schnitt meine Zigarre an, ließ mir einen erwachsenen dreißigjährigen Ballantine's servieren und lehnte mich zurück. Mal abwarten, was jetzt geschieht, dachte ich.

Wörthmann half Brehm in der Küche.

Wir anderen hatten uns in die Sessel vor dem Kamin zurückgezogen. Und obwohl von draußen die Wärme eines Augustabends hereindrängte, machte Seifert ein Feuer an. Dortlich spielte Mundschenk.

Auch Thelick trank, wie wir alle, heftig.

»Wer ist eigentlich mit einer Geschichte dran?« fragte er plötzlich.

Wir sahen Seifert an. Der nickte.

»Ja, ich bin vorbereitet«, sagte er. »Aber warten wir, bis die beiden zu uns gestoßen sind.«

Dorian lümmelte im Sessel, lag weit zurückgelehnt, hatte die Füße von sich gestreckt und den Kragenknopf geöffnet.

»Ein angenehmer Abend«, sagte er.

Wir murmelten Zustimmung, aber ein Gespräch wollte nicht aufkommen.

Ich dachte mir meinen Teil. Wie sollte man unbefangen reden, wenn der Mann dabei war, der kurz vor der Lösung eines Problems stand, das uns alle berührt hatte und in dem einer von uns die Hauptrolle gespielt hatte.

An dieser Stelle muß ich etwas einfügen, während aus samtdunkler Nacht die Sterne über den White Mountains stehen, wie kleine helle Löcher in einem Tuch.

Ich vermag den genauen Zeitpunkt nicht mehr anzugeben, als der Entschluß, der mich schließlich hierherführte, zum ersten Mal durch meinen Kopf lief.

Vielleicht war es der Augenblick, in dem Zed auf meinem Rasen starb. Oder es war das Gespräch, das ich danach mit Rüsch führte. Oder es war die Stunde, als Dona mir am Morgen das Hemd zuknöpfte und mich zur Tür brachte. Oder der Augenblick, als ich im Wald von Buchschlag unter den harten Schlägen das Bewußtsein verlor. Möglicherweise entschloß ich mich auch erst zu dem letzten Schritt, als Juliane Gudda vor mir saß, kühl, jung und frisch und zusagte, meinen Auftrag auszuführen.

Ich spürte, wie der Whisky nach dem Essen im »Club« sich wie ein Tuch über meinen Schädel legte. Rund und voll schmeckte die Zigarre. Ich ließ mich fallen, in dumpfem Wohlgefühl, nun endlich entschieden zu haben, was ich tun mußte.

In meinem Haus, neunhundert Meter von hier, lag meine Flugkarte. Übermorgen früh würde ich eine Maschine besteigen und dem allen hier davonfliegen.

Brehm und Wörthmann setzten sich zu uns. Dortlich spielte weiter den Mundschenk. Nur Dorian hielt sich beim Trinken zurück.

»Na, Seifert, worauf warten Sie noch? Sie sind dran.«

Thelick forderte die fällige Geschichte, und Seifert begann.

An Einzelheiten seines Abenteuers erinnere ich mich nicht mehr.

Während er erzählte, lief ich meinen eigenen Gedanken nach.

Seifert erzählte von einem Flug, zu dem er von Egelsbach gestartet war.

Warum, dachte ich, habe ich mich darauf eingelassen, morgen nach Egelsbach zu fahren und mit Seifert zu fliegen? Eigentlich müßte ich absagen, morgen früh anrufen und melden, ich fühlte mich nicht wohl.

»Und dann«, hörte ich Seifert erzählen, »hatte ich mich plötzlich verfranzt. Ich war nicht mehr sicher, wo ich mich mit meiner Maschine befand.«

Ich malte mir die Situation aus und trank. Eine Sportmaschine in der Luft, irgendwo im Dreiländereck im Südwesten. Dunst, flache Wolkenschichten, und das Ziel nicht mehr zu finden.

Seifert ahmte nach, wie der Dialekt der Controller vom Flughafen Zürich-Kloten geklungen hatte.

»Und dann wußte ich, wie ich wieder steuern mußte.«

Also zurück, zurück nach Frankfurt. Den Rhein abwärts. Hoffentlich verfehlt er ihn nicht.

Dortlich schenkte schweigend nach.

»Und dann fand ich meine Richtung wieder.«

»Und wie ging's weiter?«

Ich weiß nicht mehr, ob Dorian oder Thelick die Frage stellte.

»Ganz einfach. Ich bekam Frankfurt Control und landete in Egelsbach. Dreißig Minuten später war der Himmel zu. Diesmal hatte ich Glück gehabt. Ende des Abenteuers.«

Damals hatte er Glück gehabt, der Seifert. Jemand hatte ihm die Richtung genannt.

»Ich wußte gar nicht, daß Sie eine Fluglizenz haben.«

Das kam von Brehm. Sein Gesicht war jetzt nach dem Essen nicht mehr so rot.

»Ja«, sagte Seifert, »die Lizenz habe ich seit vielen Jahren.«

»Und wir wissen es nicht!« Wörthmann warf das ein und schob mit der Kaminzange einen Kloben in die Glut.

»Wir müssen eben mehr voneinander erzählen«, sagte Dortlich.

»Richtig«, meinte Thelick.

Dorian nickte schweigend.

»Es könnte uns allen nützen«, sagte er nur.

»Weiß Gott«, sagte ich.

Das Gespräch verstummte wieder. Im Kamin knisterte das Feuer. Draußen rauschte ein Zug vorbei. Irgendwo bellte ein Hund.

Ich war unendlich müde.

»One for the road?« fragte Dortlich.

Wir waren ihm für dieses Stichwort alle dankbar. Er verschwand und kam mit einem Tablett Irish Coffee zurück.

Dorian hatte in der Zwischenzeit ein Taxi angerufen.

Wir hörten es vorfahren, als wir die leeren Gläser in die Küche stellten.

Dorian verabschiedete sich, Brehm brachte ihn zur Tür.

»Was hat er wohl vor?« fragte Wörthmann, als er die Tür zum Garten schloß und das Funkengitter vor den Kamin stellte.

Niemand antwortete.

»Also bis morgen«, sagte Seifert und nickte mir zu.

Ich grüßte zustimmend zurück.

Brehm folgte ihm, dann Wörthmann. Thelick zog die Vorhänge vor die Terrassentür.

Dortlich ging als nächster.

»Ich sehe Sie Mitte September wieder, nicht wahr?«

Ich nickte. Er wünschte mir einen guten Urlaub.

Als ich mit Thelick vor der Tür stand, merkte ich, wie die Sterne zu kreisen begannen.

»Ist Ihnen nicht wohl, Jagosch? Soll ich Sie nach Hause bringen?«

»Danke«, sagte ich, »ich finde meinen Weg schon allein. Sagen Sie mal, Thelick, wollen Sie mein Haus kaufen?«

An den nächsten Morgen erinnere ich mich mit allen Einzelheiten.

Ich wachte mit schalem Geschmack im Mund gegen acht Uhr auf und duschte. Mein Kopf wurde klar, und die Spannung wich aus meinem Hirn.

Ich brühte mir einen Assam-Tee, briet zwei Eier mit dänischem Speck, aß dazu Toastbrot, die letzten drei Scheiben mit Orangenmarmelade und wusch das schmutzige Geschirr mit der Hand ab, weil die Maschine nicht mehr voll werden würde.

Um neun Uhr begannen die Kirchenglocken zu läuten. Ich zog die Vorhänge vor die Fenster, schlug das Bett auf, stellte das Schlafzimmerfenster auf Kippe und ging nach draußen.

Ein strahlend heller, frischer Sonntagmorgen. Das Licht schmerzte in meinen Augen. Amseln schlugen in den Büschen vor dem Haus. Über Neu-Isenburg schwebte eine Lufthansa-Maschine ein. Der Himmel war ohne Wolken.

Mein Nachbar Reimer stand am Gartenzaun, sonntäglich angezogen. Er wollte in die Kirche gehen. Wir schwatzten. Er fragte, wie es Wendy und den Kindern ging, bat mich, gute Grüße auszurichten, und fragte, wann ich flöge. Seine Töchter kamen aus dem Haus. Sie trugen helle Sommerkleider statt der üblichen Jeans. Ein sicheres Zeichen, daß die Familie den Gottesdienst besuchen wollte. Dann trat auch seine Frau vor die Tür und grüßte herzlich.

»Heute abend sollten Sie mit uns essen, Dr. Jagosch!«

Ich nahm die Einladung an. So konnte ich auch den Inhalt des Kühlschranks drüben loswerden und nur zwei Müsli im Becher für das Frühstück am Montag zurückbehalten.

Als Reimers zu Fuß zum Kirchgang aufbrachen – die Glocken fingen wieder an zu läuten –, stieg ich in meinen Wagen und fuhr nach Egelsbach.

In Buchschlag waren die Straßen leer, auf der Fahrt nach Sprendlingen begegneten mir einige Autos, auf der B3 nach Langen herrschte reger Verkehr. An der Hessenklinik, wo meine Söhne zur Welt gekommen waren, mußte ich an der Ampel halten. Dann nahm ich die Umgehungsstraße um Langen, traf wieder auf die B3 und bog nach Egelsbach ab.

Ich mußte langsam durch die schmalen Dorfstraßen fahren. Erst auf dem asphaltierten Weg zum Flugplatz Egelsbach wurde ich schneller. Im Schatten einer Baumgruppe vor dem Büro der Flugschule parkte ich schließlich.

An der Zahl der Autos sah ich, daß heute – wie erwartet – reger Platzverkehr herrschen würde.

Auch Besucher hatten sich eingefunden, die Terrasse des Cafés war schon gut besetzt.

Es war warm, würde mit steigender Sonne noch heißer werden.

Ich sah mich um. Ich entdeckte kein bekanntes Gesicht. Sie waren eben Profis, die sich versteckt zu halten wußten.

Seifert erwartete mich am Tower. Es war genau zehn Uhr.

Auf der Piste startete eine »Piper Comànche« gegen den Wind und gewann schnell Höhe.

»Ich habe schon getankt, wir können sofort zum Start rollen, Jagosch, ›Clearance‹ haben wir schon. Das Wetter ist günstig. Ich denke, wir werden gegen sechzehn Uhr zurück sein.«

Seifert trug eine große dunkle Pilotenbrille, Jeans, Sportschuhe und eine blaue, kurze Pilotenjacke. In der linken Hand schleppte er einen Bordcase.

Es war also alles so, wie ich es erwarten konnte. Eine startbereite Maschine und Seifert, der ungeduldig wartete.

Wir gingen nebeneinander auf die einmotorige, hellblaue Maschine zu, die auf einer Art Parkplatz am Ende der Rollbahn stand.

»Wie fühlen Sie sich?«

»Danke«, sagte ich. »Der gestrige Abend hängt mir noch an.«

»Ja, eine irre Idee, diesen Dorian einzuladen. Wer ist eigentlich auf die Idee gekommen?«

»Keine Ahnung«, sagte ich.

Ich sah auf meine Uhr. Zehn Uhr sieben. Noch drei Minuten.

Seifert nahm den Koffer in die andere Hand.

»Schwer?« fragte ich.

»Nein, aber wir brauchen die Sachen für unseren Flug.«

Dann standen wir vor der Maschine. Die Sonne spiegelte sich im oberen Propellerflügel. Eine Leiter lehnte gegen das offene Cockpit. Seifert stellte den Koffer ab.

»Steigen Sie ein«, sagte er, »ich gehe noch mal um die Maschine rum.« Zehn Uhr zehn. Die verabredete Minute.

»Ich hab' was vergessen«, sagte ich, »ich muß noch mal zu meinem Wagen und meine Sonnenbrille holen. Tut mir leid, bin gleich zurück.«

»Unsinn«, rief Seifert scharf, aber ich lief schon.

Nicht sonderlich schnell. Ich schloß den Wagen auf, holte die Brille aus dem Handschuhfach und schloß den Wagen wieder ab.

In diesem Augenblick hörte ich die Polizeisirenen. Ich sah hoch. Auf der schmalen Asphaltstraße jagten mit Blaulicht zwei Polizeiwagen heran. Sie waren keine hundert Meter entfernt.

Ich ließ mir Zeit. Sollten sie ihre Sache allein erledigen, was hatte ich noch damit zu tun.

Als die Wagen mit quietschenden Bremsen auf dem Parkplatz vor dem Tower zum Stehen kamen, sah ich, wie Seiferts hellblaue Maschine die Rollbahn hinabraste.

Jetzt lief ich, lief so schnell ich konnte zum Tower.

Thelick stand vor der Eisentür.

»Menschenskind«, sagte er nur.

Die Maschine hob ab.

Hinter mir stand plötzlich Dorian.

Er schob mich zur Seite, stieß die Tür auf, rannte die Treppe hoch.

Als wir oben ankamen, hielt er uns zurück.

»Warten Sie hier.«

Der Mann vom Dienst hielt das Mikrofon mit beiden Händen. Der Mann neben ihm hatte den Telefonhörer in der Hand.

Durch die getönten, schräg nach innen geneigten Fenster sah ich, wie die hellblaue Maschine schnell an Höhe gewann.

»Frankfurt Control.«

Ich mußte mich gegen die Tür lehnen. Was da in die Mikrofone gebrüllt wurde, verstand ich nicht. Ich spürte, wie mir das Blut in den Ohren pochte. Mein Herzschlag flatterte.

»Ruhig«, sagte Thelick und schob mir einen Stuhl zu. Ich ließ mich fallen.

Aus dem Lautsprecher über uns sirrten aufgeregte Stimmen – und dann war plötzlich Ruhe, eiserne Ruhe. Der Mann ließ das Mikrofon los und steckte sich eine Zigarette an.

Der Telefonhörer fiel auf einen Stapel von Papier.

Die Männer sahen sich an.

»Was macht er?«

Dorians Stimme klang gepreßt.

Aus dem Lautsprecher klang blechern eine flache Männerstimme.

»DG 872 fliegt über Landebahn zwo. Ich wiederhole: Landebahn zwo.«

Dann eine zweite Stimme. »Unidentified object over Rhein-Main Airport.« Dann folgten Angaben, die ich nicht verstand.

»DG 872 steigt weiter über den Platz.«

Pause.

»DG 872 läßt Flugblätter fallen. Jochen, halt die anderen zurück.«

»Hold your position. Keep out.«

Dorian griff nach dem Mikrofon. »Frankfurt Control, hören Sie mich. Inspektor Rupert Dorian hier.«

»Sie müssen nicht so brüllen«, sagte der Mann in unserem Tower.

»Ja, Inspektor, ich höre Sie.« Das kam vom Flughafen Frankfurt.

»Was macht die Maschine jetzt?«

»Mist, kolossalen Mist. Sie dreht weiter Runden über dem Flughafen und wirft Papier ab, jede Menge Papier. Große Scheiße. Hätten Sie ihn nicht stoppen können?«

»Später. Berichten Sie weiter.«

»Er dreht ab, Richtung Süden, steigt. Augenblick, ich übergebe.«

Die zweite Stimme kam jetzt über Lautsprecher.

»Mein Gott«, hörte ich, »das darf doch nicht wahr sein.«

»Was ist los, Mann? Berichten Sie, los, los.«

Dorian lehnte sich über den Tisch, schob sich, Mikrofon in der Hand, so weit vor, als könne er Seiferts hellblaue Maschine noch irgendwo sehen.

»Er fällt im Sturzflug.«

Pause.

»Wir haben ihn verloren.«

»Auch aus dem Radar.«

»Sehen Sie was?« Wieder fragte Dorian.

Pause. Die Lautsprecher surrten leer.

»Ja, ich sehe etwas. Eine graublaue Wolke über dem Wald bei Walldorf-Mörfelden.«

Dorian setzte das Mikrofon ab.

»Wir können gehen, Jagosch.«

Er blickte an mir vorbei.

»Ich habe versagt. Sie haben versagt.«

Das klang wie das letzte Wort, das ein Mann spricht, ehe er für immer verstummt.

Aus dem Nebenraum schrillte ein Telefon.

Der zweite Mann im Tower ging und kam nach wenigen Sekunden zurück.

»Für Sie, Inspektor. Ein Colonel Johnson. Die Maschine, die vor wenigen Minuten hier gestartet ist, ist über dem Waldgelände abgestürzt. Wollen Sie mit dem Colonel reden?«

»Ja«, sagte Dorian, »wir fahren hin. Zur Startbahn West, wo Seifert abgestürzt ist.«

Er war ganz grau im Gesicht.

Thelick stützte mich, als wir die Treppe hinuntergingen.

»Das war's also, Jagosch, und Dorian hat das alles wahrscheinlich genau kommen sehen.«

Kapitel

17

Es ist jetzt fünf Uhr früh. Ich habe die ganze Nacht hindurch diesen Bericht geschrieben und ungezählte Tassen Tee getrunken. Mein Aschenbecher quillt über.

Ich werde auch dieses letzte Kapitel noch schreiben und damit meinen Bericht beenden. Dann werde ich, so übermüdet wie ich bin, meinen Waldlauf machen und ausschlafen. Wendy wird mit den Jungen im Laufe des Nachmittags aus Boston kommen. Morgen früh werden wir in die Berge aufbrechen und auch dort vorbeikommen, wo alles begann.

Wir werden das Bachbett hochklettern, durch das ich damals Zed Abraems zu Tal schleppte.

Ich habe mir vorgenommen, alles, was ich hier aufgeschrieben habe, Wendy zu erzählen, abends am Lagerfeuer, wenn die beiden Jungen schon schlafen. Sie hat zwar verstanden, daß ich unser Haus in Buchschlag verkaufte, als ihr Vater im Sterben lag. Aber sie soll wissen, daß der Verkauf nichts mit seinem Tod zu tun hatte.

Sie soll wissen, daß ich meinen Job in Frankfurt nicht aufgab, weil wir plötzlich ungeheuer viel Geld besaßen. Ich will ihr erklären, warum ich das alles tat.

Ich hatte am Samstag morgen, am Morgen vor dem Clubabend und am Tage vor dem Absturz, Dorian angerufen. Er kam und brachte Thelick mit.

»Setzen Sie sich«, sagte ich, »ich muß etwas los werden. Hier ist Tee. Eine Frage vorab, Dorian, ist Thelick der Mörder von Zed?«

An meiner Stimme merkte Dorian, was los war.

»Endlich«, sagte er, »endlich reden Sie mal.«

»Ich will wissen, ob Thelick Zed erschossen hat!«

Thelick blieb freundlich und sah mich nur interessiert an.

»Nein, Jagosch, Thelick war's nicht. Und nun reden Sie bitte.«

»Woher wußte Seifert, daß ich im Krankenhaus lag? Das hatte ich niemandem erzählt. Niemand außer dem Täter konnte wissen, was mir passiert war. Aber Seifert fragte, ob ich wieder auf den Beinen war. Also muß er mich überfallen haben.«

Jetzt lachte Dorian.

»Ach, Sie Hobby-Kriminalist. Der brauchte doch nur Ihre Sekretärin, ihre Presseabteilung oder Ihre Nachbarn anzurufen, um das rauszukriegen. Nein, Jagosch, der Ansatz ist falsch, total falsch. Aber das Ergebnis stimmt. Seifert hat Sie im Wald zusammengeschlagen.«

Ich war verblüfft.

»Sie wissen das? Woher?«

»Wir haben doch Experten für Spurensicherung. Ein Mann, der Ihnen auf dem Rad durch den Wald folgt bei Ihrem Waldlauf, hinterläßt Spuren, trotz Regen. Und auch Fußspuren. Und wenn dann noch seine Nachbarn aussagen, er – der Seifert – sei an diesem Abend früh losgeradelt und seine Rückkehr hätten sie nicht mehr bemerkt, dann reicht das für einen begründeten Verdacht.«

Thelick nickte nur.

»Was uns viel mehr interessiert, Jagosch, warum hat Seifert Sie überfallen?«

»Das weiß ich nicht.«

Ich wußte es an diesem Samstagmorgen wirklich noch nicht. Das Flugblatt, das Seifert abwarf, in tausendfacher Auflage, kannte ich ja noch nicht. Jetzt liegt es vor mir unter der Lampe, neben der Karte von den White Mountains.

»Vielleicht kann ich aushelfen«, meldete sich Thelick. »Sehen Sie mal, Jagosch, was ich hier habe.«

Er holte einen dünnen Stapel fotokopierter Zeitschriftenseiten aus seiner Aktentasche.

»Ich habe Ihnen doch gesagt, man muß weit ausholend recherchieren. Das habe ich auch bei Seifert gemacht. Lesen Sie mal. Das hier sind Aufsätze von Seifert aus zwei Zeitschriften *Natur und Leben* und *Die grüne Welt*. Die ältesten Aufsätze sind fast zwanzig Jahre alt, die jüngsten knapp zehn. Und vor zehn Jahren übernahm Seifert seinen Job bei der Horstum im Vorstand. Aber nun lesen Sie mal!«

Ich spüre jetzt noch die Überraschung, die mich beim Lesen der Seifertschen Aufsätze überfiel an diesem Samstagmorgen. Immer wieder, bei all seinen Berichten über die bedrohte Vogelwelt, die er mit Fotos illustrierte, hieß es: Wir müssen die technische Entwicklung so steuern, daß unser Lebensraum nicht abstirbt. Jede Art von industriellem Fortschritt muß da aufhören, wo es an das Leben des Menschen geht. Es ist heute schon fast zu spät.

»Und warum hörte er vor zehn Jahren auf mit diesen Aufsätzen?«

»Ich sagte es schon«, antwortete Thelick, »er wurde Vorstandsmitglied bei der Horstum AG, und er heiratete.«

»Eine Tochter aus einem sehr reichen Hamburger Kaufmannshaus. Ich habe mit der Dame in Hamburg gesprochen, Jagosch. Die hält von Seiferts Überzeugung gar nichts. Sie hätten dabei sein sollen, als ich sie traf. ›Mein Mann muß wissen, was er tut. Nur, ich teile seine Ansicht nicht.‹ Das meinte sie so ernst, daß sie nach Hamburg zog, als er ihr seine Meinung zur Startbahn West vortrug. ›Mach, was du willst‹, sagte sie, ›ich habe keinen Grünen geheiratet. Du arbeitest für die Horstum AG, also bist du für den Bau der Startbahn.‹ Und dabei blieb sie – bis zum Auszug. Eine

Frau, sag' ich Ihnen, an der Sie sich die Zähne ausbeißen können.«

Ich machte in diesem Augenblick nach Dorians Bericht einen wohl sehr dummen Eindruck.

»Sehen Sie, Jagosch, jetzt wissen Sie alles über Seifert. Und ich werde Ihnen auch sagen, warum er Sie überfiel.«

Ich antwortete nicht.

Thelick packte die Fotokopien ein. Dann holte er ein zweites Päckchen aus seiner Tasche.

»Das habe ich über Sie herausgefunden, Jagosch, und es dem Inspektor gegeben.«

Ich brauchte nur flüchtig zu blättern, um zu erkennen, was das Päckchen enthielt. Presseverlautbarungen von uns, vwd-Meldungen und einige längere Presseberichte. Sogar die Nachschrift eines Rundfunkinterviews von Rüsch war dabei:

»Ihre Bank, Jagosch«, sagte Dorian, »ist bis über die Halskrause an Baugesellschaften und anderen Unternehmen beteiligt, die nur überleben können, wenn die Startbahn West gebaut wird. Sie als Bank kommen in eine lebensgefährliche Krise, wenn diese Unternehmen keine Aufträge aus dem Startbahnbau bekommen.

Darum, und jetzt spekuliere ich etwas, aber ich werde Beweise dafür mit Thelicks Hilfe finden, hat ihr Vorstand Sie als anerkannten Kommunikationsexperten in dieses Komitee delegiert, das sich zum letzten Mal vor zehn Tagen in Argopolous' Etablissement bei Langen traf. Sie waren doch Mittwoch nacht dort – oder?«

Dorian ließ mir keine Zeit zu antworten. Mechanisch goß ich mir eine Tasse Tee ein, verrührte den Zucker und steckte mir eine Zigarre an. Ich schmeckte nichts.

»Wörthmann hat Sie gesehen, Sie und Seifert. Seit dem Mord an Abraems war Wörthmann nachts viel unterwegs. Aus reinem Zufall auch bei dem Etablissement von Argopolous. Er sah Sie und Seifert dort hinter der schwarzen Tür im linken Flügel verschwinden. Ihre Autos fuhr jemand in die Garage. Kurz darauf stiegen in kurzen Abständen zwei Herren aus. Wörthmann erkannte sie. Die beiden sind ja aus Presse und Fernsehen weidlich bekannt. Reicht Ihnen das?«

Ich sagte nichts.

»Und dann erhielt ich am Donnerstag einen Anruf. Eine von

Argopolous' Damen erstattete Anzeige wegen Körperverletzung. Sie beschrieb den Mann. Es war Seifert. Er hat sie zusammengeschlagen. Kein sehr feiner Zug. Er hätte den Griechen vorwarnen sollen. Der hätte sicher jemanden auftreiben können, der Spaß dabei gehabt hätte, geschlagen zu werden.

Die Dame hat die Anzeige am nächsten Tag übrigens zurückgezogen. Sie sei betrunken gewesen, sagte sie, und die Treppe runtergefallen. Verwirrt und geschockt von dem Sturz hätte sie eine falsche Anzeige gemacht. Alles sei erfunden.«

Ich schwieg immer noch.

Thelick half mir.

»Bis hierher stimmt alles. Und jetzt müssen wir uns noch darüber unterhalten, wer Zed Abraems erschoß.«

»Lassen wir das mal, Timofei«, unterbrach ihn Dorian.

»Ihnen ist doch wohl klar, warum Seifert Sie aus der Welt schaffen wollte, Jagosch.«

Ich schwieg.

»Sie sind der große, erfahrene Kommunikationsexperte. Wenn Sie alle Ihre Beziehungen spielen lassen, wird die öffentliche Meinung so manipuliert, daß eine neue Bürgerinitiative gegen den Ausbau keine Chance hat. Sie können doch auf allen Instrumenten spielen, haben Geld, haben Einfluß. Wenn Sie aus dem Wege sind, gibt es noch eine gute Chance, daß es nicht zum Bau kommt. Wer sollte sonst all die Fäden ziehen, wenn nicht Sie, Jagosch? Gegen Sie sind doch alle anderen Waisenknaben.«

Ich zuckte mit den Schultern. Ich merkte, daß es mir schwer fiel, zu atmen.

»Und wer hat Zed erschossen?« fragte ich nur.

Dorian lehnte sich vor.

»Seifert.«

»Beweise?« sagte ich.

»Er war an dem Samstag, als der Mord geschah, in Nürnberg und konnte zu Ihrer Party angeblich nicht kommen, weil er unterwegs eine Panne hatte. Das hat er Thelick am Telefon erzählt. Er rief von einem Parkplatz an. Ein AvD-Mann, sagte er, hätte ihm geholfen, aber der Wagen müßte abgeschleppt werden.«

»Das kann doch stimmen!«

»Ja, das könnte stimmen. Der AvD-Mann, der die Strecke abfährt, ist auf Urlaub, und zwar in Kenia. Er kommt in der Nacht von Samstag auf Sonntag zurück mit British Airways. Wir werden uns am Flughafen mit ihm unterhalten. Meine These ist, Seifert hatte keine Panne. Er fuhr von Nürnberg nach Frankfurt, parkte seinen Wagen hier irgendwo am Waldrand und schoß auf Sie. Er erkannte Sie an Ihrem Pullover, wußte nicht, daß Zed ihn trug. Dann raste er zurück, fingierte eine Panne und hatte ein Alibi!«

»Wie soll ein ungeübter Mann wie Seifert mit einer Pistole aus fünfunddreißig Meter Entfernung einen tödlichen Schuß abgeben können?«

Das war meine letzte Frage.

»So ungeübt ist er nicht. Er hat eine ausgesprochen ruhige Hand. Seine Fotos von Vögeln, die er alle mit Teleobjektiven schoß, beweisen das. Und dann haben wir uns mal bei der Bundeswehr erkundigt. Er war Leutnant der Reserve und zum Schluß in einer Einheit von Scharfschützen. Aber wie gesagt, den letzten Beweis werden wir erst heute nacht haben.«

Ich fühlte mich völlig hohl. Meine Teetasse klirrte auf den Terrassenboden und zersprang.

»Wollen Sie uns helfen?«

Ich nickte.

»Treffen Sie sich wie verabredet morgen früh in Egelsbach mit Seifert. Versuchen Sie, ihn zurückzuhalten, wenn er starten will. Wir wissen nicht, was er vorhat. Vielleicht will er nach Frankreich und sich absetzen. Auf alle Fälle ist so ein Flug Anlaß genug ihn festzunehmen. Ich vermute, er ahnt, daß wir ihn in Verdacht haben. Ich habe ihn zwar nicht so verhört wie alle anderen, aber er ist nicht dumm. Wenn wir ihn als einzigen aus Ihrem ›Club der Köche‹ nicht verhörten, muß ihm das ja auffallen. Es war mein Fehler. Machen Sie mit?«

Ich nickte.

»Gut. Sprechen Sie bitte heute abend mit niemandem über das, was wir Ihnen eben gezeigt und berichtet haben. Und halten Sie die Vereinbarung ein.«

An diesem Nachmittag traf ich meine Entscheidung. Sie ist jetzt bekannt.

Man barg Seiferts Leiche aus dem Flugzeugwrack. Der Flugverkehr auf dem Frankfurter Flughafen wurde nur unwesentlich gestört. Die Flugblätter, die Seifert aus seinem Bordcase in alle Winde zerstreut hatte, enthüllten die ganze Geschichte.

Als ich am Montag morgen zum Flug nach Boston eincheckte, kaufte ich alle vier Frankfurter Zeitungen. Dann setzte ich mich in die Lounge und schrieb einen Brief an Rüsch und gab ihn eingeschrieben auf: »Hiermit kündige ich mein Arbeitsverhältnis mit Ihrem Haus. Da Gründe vorliegen, die eine fristlose Lösung des Arbeitsverhältnisses rechtfertigen, betrachte ich mich ab sofort nicht mehr als Angestellten der Bank. Auf meine weiteren Bezüge verzichte ich.«

Jetzt, da ich im Morgengrauen diese Zeilen lese, fühle ich mich trotz Müdigkeit, zu vieler Zigarren und trotz zu viel Tee so wohl wie seit Monaten schon nicht mehr.

In wenigen Stunden wird Wendy mit den Jungen hier sein. Wir werden in die Berge aufbrechen, und ich werde ihr alles erzählen, so wie ich es hier aufgeschrieben habe.